[美] 伯纳德 · 马歇尔 / 著
雪雁 / 译
南来寒 / 主编

纽伯瑞儿童文学奖
获 奖 作 品 精 选

2

森林人塞德里克

南京大学出版社

图书在版编目(CIP)数据

森林人塞德里克 / (美) 伯纳德·马歇尔著 ; 雪雁译. -- 南京 : 南京大学出版社, 2018.1
(纽伯瑞儿童文学奖获奖作品精选 / 南来寒主编)
ISBN 978-7-305-18462-8

Ⅰ. ①森… Ⅱ. ①伯… ②雪… Ⅲ. ①儿童小说—长篇小说—美国—现代 Ⅳ. ①I712.84

中国版本图书馆CIP数据核字(2017)第090684号

出版发行 南京大学出版社
社　　址 南京市汉口路22号　　邮　　编 210093
出 版 人 金鑫荣
项 目 人 石　磊
项目统筹 刘红颖

丛 书 名 纽伯瑞儿童文学奖获奖作品精选
书　　名 **森林人塞德里克**
著　　者 [美]伯纳德·马歇尔
译　　者 雪　雁
主　　编 南来寒
责任编辑 陈　佳　宋冬昱
责任校对 王丽娜
终审终校 蒋梦燕
装帧设计 谷久文

印　　刷 江西华奥印务有限责任公司
开　　本 889×1320　1/32　　印张 5.5　　字数 145千
版　　次 2018年1月第1版　2018年1月第1次印刷
ISBN 978-7-305-18462-8
定　　价 25.00元

网　　址: http://www.njupco.com
官方微博: http://weibo.com/njupco
官方微信号: njupress
销售咨询热线: (025) 83594756

纽伯瑞儿童文学奖（Newbery Medal），又称纽伯瑞奖。1922年由美国图书馆学会（American Library Association）的分支机构——美国图书馆儿童服务学会(Association for Library Service to Children)创设，旨在表彰那些为美国儿童文学做出杰出贡献的作者们。该奖每年颁发一次，专门奖励上一年度出版的英语儿童文学优秀作品。每年颁发金奖一部、银奖一部或数部。自设立以来，已评出数百部优秀的儿童文学作品。纽伯瑞儿童文学奖已成为美国乃至世界公认的儿童文学大奖。

内容简介

塞德里克，一个出身低微的下等农民，在英国的中世纪受到各种不平等的对待；但是他勇敢、自信、有谋略，还擅长使用十字弓。他同理查德爵士一起，打击了布莱克浦尔的强盗，攻下蒙克斯莱尔的要塞。他的英勇表现让他获得了骑士的殊荣，然而他并没有因此而满足，而是继续战斗，为所有的平民积极争取自由、平等和应得的权益。他让我们认识到高贵的出身和拥有特权并没有那么重要，为了大众的权益奋斗终生才值得被尊重，才值得永远被纪念。

目录

第一章　芒乔伊城堡围攻战

一个阳光明媚的春日，国王派传令官传来口谕：要求我的父亲组建部队，扩充在林肯地区驻扎的皇室军队，以备大规模远征苏格兰。于是，六个重甲兵及其随从，还有一百个重甲兵迅速组成芒乔伊的战队。是的，我父亲是雄霸一方的领主，他对自己的国家尽职尽忠，第一时间就下达了命令组建战队。

传令官骑马匆匆离去，而城里的我们，却忙成了一锅粥。

兵器铸造师在庭院里敲打出叮叮当当的嘈杂声，听起来竟如节奏般悦耳。木质的大牛车正通过吊桥，里面塞满了父亲的战队前去大本营时需要的供给，包括肉干和粮食。我们的战士，统一穿着皮夹克，带着兜帽，背挎十字弓，三三两两地走来，形成十人一组的小纵队。对我们芒乔伊而言，尽管显得有些混乱，也还算一切如常。

这时，我的母亲来到父亲身边。此刻，他正望着身裹甲胄的战士们。我将身子前倾，努力想听清他们要说些什么。

“我的主人，”她说，“我想跟你谈谈，但是这些乱七八糟的敲打声快把我们的耳朵给淹没了。”

当我父亲心情不错的时候，一个如此拙劣的玩笑也能让他大笑不已。

“该死！我的女主人，”他回敬屈膝礼，我母亲说这个礼节是他在意大利时学会的，可是我怎么也学不好，“蒙特默伦西的一个姑娘从铸造兵器的嘈杂声里受到启发，创作出的美妙音乐，甚至比鲁特琴或维奥尔琴演奏出来的更动听呢。”

“够了。”母亲打断他，“我本来应该表示遗憾，因为从来没有在这样嘈杂的环境里生活过。但是我还是要鼓起勇气向您请求，拜托再仔细考虑一下吧，我的主人，如果您和最精锐的战士都离开了，这座城堡的防御将会怎么样？”

父亲的眉头皱了起来。我正准备说话，却被母亲狠狠地瞪了一眼，只好把话咽了下去。我想，她一直以为我只是个顽皮的孩子，其实我已经过了十五岁的生日，这还在圣烛节上记了下来。

“我仔细考虑过，”父亲说，“事实上，凯特，我甚至不需思考就明白到时候这城堡的防御会有多薄弱。老弓箭手马文，随我参加过所有的战役，他的眼睛就像他的箭矢一样精准。这两年，他与他的六个随从，就像您的近侍罗宾·胡德一样，已经年迈，不再适合长征行军。但是他们仍然可以举起弓箭，拿上长矛，捍卫城堡。他们都将听从您的调遣，一定会在我外出的日子里好好保护你们。”

“不，我的主人，”她马上接过话，“这些日子可不太平，卡尔顿的老狼磨尖了牙齿，正虎视眈眈地盯着我们和城堡里的人。”

“老狼和我一样，都受到国王的圣旗令召唤。在大战来临之际，我与他之间的小摩擦一定会被搁置。如果幸运之神没能眷顾到我们，我会以最快的速度赶回来。但是，这次国王领军的规模史无前例，会让追随者赢得至高无上的荣誉。国王如亲见我们的忠心，就会更厌恶卡尔顿人的无礼。老狼垂涎的芒乔伊肥鹅，到时会用老鹰一般锋利的鸟嘴和利爪，狠狠折断它的下巴。”

“希望如此，我的主人。把弓箭手老艾伦留下吧，他参加过多次大战，在十字弓方面特别有经验，万不得已的时候他可以协助老马文。而且，您年

幼的孩子迪肯也可以向他们学习。”

“如您所愿，凯特，老艾伦的头脑比他的双手更有用。不过，他并未随我的父亲上过战场。”

然后，他转向我，微笑地看着，就像从圣地归来的那天一样。

“但是，凯特，”他喊起来，“现在正是芒乔伊的鼎盛时期，我们不应该讨论由谁来统领护城队。迪肯爵士在这儿坐镇，如果你受到任何威胁，就让他用弓箭在白嘴鸦和野兔上面做记号，这些动物会立刻跑来向我报信的。”

我知道他在开我的玩笑，虽然在他眼中我还是个小孩，可身高几乎已经和他一样高了。当我慢慢说话的时候，声音也低沉得像贝斯，但是我仍然非常诚挚地回答他：

“我会的，父亲。谁敢用不敬的语气和母亲说话，我都会用弓箭让他闭嘴！在你们离开的时候，不管是灰狼还是其他任何人，只要敢来威胁芒乔伊，我就让他尝尝箭墙的滋味儿，保证他一定会后悔！”

“哈！小鹰的羽翼丰满了！”我的父亲哈哈大笑，“你说话像个真正的芒乔伊人，迪肯，再磨炼几年，你肯定能成为威严的王者。”

“也像一个真正的蒙特默伦西人，我的主人。”母亲插过一句，“可别忘了。”

“我以灵魂发誓，决不能忘。”他笑道，“迪肯身体里除了流着父亲家族的高贵血液，还有母亲家族的，这正是守护城堡需要的。好啦，我要去看看了。沃菲尔德在后面负责粮食和牛肉的供给，他可从来都不是农民的好帮手，倒更像是一根哑巴木头。”说完，他吻了吻母亲，又捏了一下我的耳朵，急急忙忙朝他的兵器铸造师跑去。

父亲那天上午的音容笑貌常常浮现在我眼前，安抚着我的心灵。

他从圣地回来到现在，已经整整两年了。那时我在伦敦见到父亲，他骑在高头大马上，穿着闪闪发光的铠甲，带领着从圣墓赎回的俘虏。他在他们中间，显得无比的英勇神武和伟岸挺拔。回来后，他就一直待在城堡里，没做什么大事，无非就是时不时地审判一些乡间邻里的案件，外出打打猎，处决潜伏在森林中的强盗，等等。他并肩作战的好伙伴都了解，他平时的性格，同他在法庭上审判时的脾气和行为相比，可要差上一百英里。在西部，我们没有马上比武大赛，也没有从其他地方来的旅行者，我觉得每一天都漫长得像一个星期。不过，最近倒有件事让我们提起了点儿精神来。卡尔顿的灰狼来自特拉莫尔城堡，离我们大约九英里。他派人来送信，信中对贡品提出了非常无礼的要求。他声称芒乔伊确实是领主，但是卡尔顿建城时间短，产出有限，应当减少进贡。

我常常想起父亲的回答，这个替卡尔顿送信的家伙胆小又猥琐，他替卡尔顿卖命，就像是靠近火焰的树叶，很快就会枯萎。但短短几年，他竟然对我越来越放肆。

“芒乔伊小领主啊，承认现实吧！灰狼把特拉莫尔管理得非常出色，他要是亲自从老巢出来对付你们，芒乔伊的徽章都会消失不见的。你想想，在过去的日子里，英格兰是向撒哈逊进贡的，可现在呢？你们的宝座上，可端端正正地坐着一位魔鬼朋友啊。”

这个混蛋留下这样的话，便溜回了特拉莫尔。几个星期后，灰狼震怒，因为卡尔顿的两个执行官受了重伤。事情是这样的：芒乔伊的地主要求交租金，可是被他们一口回绝。地主们立刻组织起一个武装小中队冲过去，打得他们头破血流。我们的重甲兵轻而易举地攻下了庄园，十字弓手进去后，射了支箭在卡尔顿的徽章上面。

一场冲突蓄势待发，芒乔伊的人力物力加起来远远超过了他们。国王派出传令官分别前往特拉莫尔和芒乔伊，命令在未调查清楚事情之前，双方谁也不许出兵。

在这种时候，国王却又下命令：封臣不管地位高低，都要加入苏格兰大战。父亲非常高兴，在他的统治期间，竟能担当随国王远征的重任，芒乔伊必能声名远扬。可是灰狼对芒乔伊的城堡垂涎已久，巴不得一口气夺过我们的土地。这让我们有些担心。

父亲加入大战一个星期后，母亲收到了他的信函，是国王的传令官送来的，上面全是关于他打胜仗的消息。他们此刻正前往北方，父亲率领的部队被任命为先行军，与早年并肩的战友进行了整合，意气风发地向前行进，相信苏格兰人很快就会为自己先前的愚蠢行为付出代价。

就在同一天，我们也得到消息：灰狼因为生病没有上战场。圣战中，他的部队也总是时不时地得瘟疫。他传消息给国王，说皇家军队在到达苏格兰地界之前，他一定会赶上。

又是七天后的早晨，我同老马文站在吊桥的转闸旁。下面有一辆马车正缓缓驶入庭院，上面装着从沃菲尔德农庄运来的小麦。突然，我看见一群骑兵，为了躲避茂密的树枝将身体弯曲，正从半英里外的曼勒雷方向飞奔而来，我给马文指了指。等我俩反应过来，顿时惊得目瞪口呆，眼睁睁地看着他们消匿在树丛后。我们的老弓箭手立刻把手搭在转闸上，眼睛死死地盯着森林的出口处。那里，是可以向我们发起进攻的射程。

清晰的马蹄声一声比一声清脆。我们的邻居组成弓箭队，清早到访，绝非善意。此时此刻，国王全部的皇室成员都被召去了战场，骑兵从特拉莫尔方向赶来，我们只能想到老狼及他的阴谋诡计。吊桥在咔吱咔吱的声音中缓缓上升，或许这些家伙也来自曼勒雷，可是曼勒雷的女主人非常友善，而且她集合了大批武装力量，也投入了林肯的大部队……我们没有时间再思考，森林中的骑队正急速飞驰，一个花白胡子的瘦高个骑士带领着他们，直冲我们敞开的大门而来。

马文和我一起转动转闸，合上开关。吊桥倾斜在半空中，骑兵被迫停在护城河的对岸。

“我知道是你，卡尔顿。”马文大吼，“你想对芒乔伊做什么？难道你认为我们会坐以待毙吗？”

骑兵中领头的老狼用尖啸的声音回答，震得我鼓膜生疼，“把桥放下来，你这个混蛋！你知道我可不是芒乔伊的主人，如果你继续阻拦，我就吊死你，让你比哈曼死得还惨！放下桥，否则拿你的尸体喂乌鸦！”

马文又要张嘴，站在转闸旁的芒乔伊女主人——我的母亲把他推到一旁。我立刻贴近到她身边，拉开十字弓，对准敌人。

“卡尔顿，”她说道，声音柔美动听，尤其是响在难听的声音之后，“国王命令所有的皇族前去战场，你集合了六十多人到这里来是什么意思？”

老狼听到这句欢迎语后，整张脸变得狰狞可怕，我甚至希望从没看见过这张脸。

“哈！是的，蒙特默伦西的凯特，我已回禀国王，告诉他比起大战来说，我需要先解决一些更加紧急的事。所以现在，快把芒乔伊城堡的钥匙给我！否则，我会叫我厨房里的伙夫，轻而易举地收拾掉那个穿皮衣的混蛋！当然，如果你现在放下吊桥，一切都还好商量，我甚至会派一个护卫队，送你和你的小男孩去圣安妮大教堂。你要是愚蠢得什么都不做，我就会掀起一场血雨腥风，吊死你们所有人，所有的！想想他们的下场吧！来吧，你怎么选择？我可不想等太久。”

“卑鄙！无耻！疯狗！”母亲用我从来没有听到过的声音愤怒地咆哮着，“这场冲突结束后，你灰色头盔下的头颅会悬挂在我的城墙前，接受四面八方的羞辱。谁会料到你竟会这样对付一个手无寸铁的女人，而她的主人，正随着国王的战旗，为国家南征北战！你胆子太大了，向传令官谎称生病，却在光天化日之下，带着重甲兵来掠夺芒乔伊的土地！滚回去吧，领着你这群嗜血的走狗，我的十字弓队早已瞄准你们，蓄势待发！我没空跟你扯了，滚回去！”

我的十字弓瞄准了护城河对岸那个花白胡子的首领。一个星期前，我向父亲信誓旦旦地夸下了海口。而现在，我汗毛直立，浑身颤抖，像一条狗遇见与它纠缠不休的对手一样。我悄声为自己的弓箭祈祷，猛地一闭眼睛，带着战战兢兢的恐惧，我射箭了！母亲看穿了我的想法，她出手一拍，打在我的弓上，射出的箭从首领的头上飞过，没能对他造成任何伤害。

“举好你的弓，男孩，”她命令道，“我们不能在谈判的时候伏击敌人，即使他们来者不善，即使我们要面临一场长时间的恶战。”

卡尔顿的主人微微动了动，显示出对我们的不屑。他调转马头，命令所有的人原地休息。灰狼的部队停伫在大树的阴影里，他对三四个骑士下达命令。很快，队伍分成三部分：左右两边各有一队，其余的驻扎在我们城堡大门和吊桥的对面。我们在城堞上监视敌方的人来报告，敌人围绕城堡驻扎的位置对他们非常有利，这中间，有一名年轻的骑兵正以最快的速度赶回特拉莫尔。

围攻芒乔伊城堡的战役就此拉开序幕。

我们聚精会神地度过了几个小时，这期间，卡尔顿的骑士没有发动任何进攻。靠近吊桥的路怪石嶙峋，非常陡峭。护城河由隐蔽在塔楼里的十字弓箭手守护，他们不大容易从这里攻破。我了解卡尔顿的主人，他年纪很大，诡计多端，而且满手血腥，杀人不眨眼。显而易见，为了攻下我们，他不惜牺牲任何下属。终于，开始了！城堡里一支接一支的箭射向围攻者，其中一些射中了他们的头盔或护胸甲，发出金属撞击的声音。但这些人穿的是上好的托莱多盔甲，我们的弩箭无法直接刺穿他们的身体。我站在狭壁处，很好隐蔽，身边没有人相助，我就自己拉弓开箭，一支支射向敌人。

老马文有一手过硬的射箭术，正瞄向率领队伍的花白胡子，不断发箭。老狼身旁有个年轻的骑士，看起来在央求他去树林的阴影处躲避，他不耐烦地摇着头。

中午时分，光线不错，橡树的树干并未让叶子包裹得严严实实，我们可以清楚地看见整片树林里的情况。面包和肉干送了进来，还有骡子驮了整箱整箱的啤酒和葡萄酒，大家都高兴地欢呼着。

老富兰克林夫人在替我母亲包扎伤口，这是她的贴身仆人，是从她孩童时代就追随的老仆人。而我是芒乔伊的继承者，承袭了父亲的爵位，得到了老富兰克林夫人作为仆人的尊重。她将大量的新鲜面包、奶酪和啤酒带给堡垒里的弓箭手，用亲切自信的话语激励他们，要他们为即将而来的战斗做好充分的准备。

“马文，”我们一进入堡垒，走到老朋友的身边，母亲就用一种讲战争艺术课的老师的语气向他询问，“我们能给敌人提供什么好东西来避免战争，而不是把我们的战士派出去呢？”

“啊，那正是我们希望的，女主人。”马文充满敬意地回答，眼睛却一眨不眨，死死盯着树林的那边，“如果风能助上我们一臂之力就太好了！这样，灰狼没有隐蔽的地方，我拉弓上弦，马上就能教训这帮强盗走狗。”

“上帝保佑您的弓箭，好马文。你确实做到了对芒乔伊城堡忠心耿耿。我认为，他的军队坚持不了太长时间，一栋乡间庄园和六英亩的土地都会是你的。”

“芒乔伊的女主人，”他说着，又举起另一部十字弓，“您的赏赐非常好。但是我对现任的芒乔伊主人以及他的父亲，已经效忠整整五十年了，对我而言，不管有没有赏赐，只要我活着，我都会继续贡献自己的力量。不过，这些还是等以后再说吧，灰狼又开始发动攻击了，他那双饥饿的眼睛正死死盯着咱们……”

他仔细瞄着极远的目标，我常常看见他远程射中奔跑的野兔。但是这次，幸运之神却没能降临。他扣动扳机的时候恰好吹过一阵风，箭起码射了一百五十码远，却没对那边的敌人造成丁点儿伤害。老马文低低地抱怨了一

声，站起来咬牙切齿地瞪着领军的骑士。

“好运！下次风就停了，老马文。”母亲说道，“你会击中他的，我肯定。”接着，她走向另一个出箭口，慰问兵器制造师老艾伦，他正忙着给箭手们分发新鲜的食物。

下午两点的时候，我们的侦查员发出一声惊叫，敌人的援兵到了。母亲和我急忙跑到城堞上，看见来了一百个甚至数量更多的援兵，包括重甲兵、弓箭手，甚至背着斧头和铁锹的农民，他们正从特拉莫尔的方向赶来。

这一刻，目睹到的一切让我们感到恐惧，它印证了老狼先前的行为。他并不急着突袭，而是要大规模地进攻，势必要得到芒乔伊的城堡和土地。

绝大部分的护卫都随着国王的军队远征了。很显然，卡尔顿无比奸诈狡猾，他并没有让自己的人离开特拉莫尔。重甲兵暂时无法渡过护城河，也不能攀爬陡峭的城壁，但是，卡尔顿目前的武装力量起码是我们的二十倍，老狼一直费尽心思地准备着这场战役。

我们没有时间犹豫，重甲兵和农民正穿过树林，渐渐走入我们的射程范围内。很快，四处响起了斧子砍伐的声音。半个小时后，森林里来来回回地穿梭着人群，看起来正像是在树林里驻扎的那一队兵士。一百个穿着皮夹克的士兵和穿着粗布的农民，手里没拿武器，腰间别着斧子和匕首，背上背着大捆的树枝来回小跑。又有二十人，将树木砍成木板和木条，搭成简易帐篷。还有八个强壮的家伙，他们砍倒大树，想做攻城槌。这让我对城堡的安全问题感到担忧，显而易见，如果强盗用木条木块填平了护城河，他们一大群人就会涌过来，使用蛮力放下吊桥，再用原木撞开里面的大门。一旦进入城堡里面，这群野兽便会烧杀抢掠、无恶不作。

林间的家伙们穿着厚重的盔甲还能奔跑自如，肯定是攻城槌手。他们由骑士和乡绅组成，直接由花白胡子的灰狼领导。剩下的人组成十二人一组的十字弓箭队，旁边一个大槽装满了十字弓和弩箭。

我们的弩箭队只有六个人，大家不免对即将开始的战斗有些担心。我鄙夷地看着卡尔顿的疯狗，举起了手中最好的钢制弩箭，它是父亲从十字军东征的战场上带回来的。在我们第一次射出箭雨之后，他们多少有些震慑。但他们利用茂密的树丛做隐蔽，绝大多数的箭都没能发挥效用。我们又开始新一轮的射击，比先前击倒了更多的敌人，包括我的弩箭，也射中了一位攻城槌手的长官。但是现在，护城河边拉开了一条长长的战线。柴笼被一个接一个地投进护城河，木板和木条也不停地往下扔，看来一些胆子大的人想要过河。

事实上，我们的石弩开始发挥巨大的作用。柴笼被射开，穿皮夹克的人首当其冲受到攻击，每隔二十到四十步远就有一个敌人躺下。他们转而从壕沟进攻，可没有东西能够填平壕沟。他们又利用木板木条过河，却不慎滑进水里，性命堪忧。这些人就像是偷粮食的老鼠，被抓住后投进装满水的浴缸，自生自灭。

面对我们射箭雨的石墙，卡尔顿的十字弓箭手什么都做不了。他们也朝我们射箭，可是没什么用。穿着铠甲的艾伦，站在城堞向下面投掷了两块巨石，砸中了护城河里运气不好的家伙，也让河里的其他人四散开去。老马文一人顶三个，用弩箭射击灰狼，灰狼在他的兵士中忽前忽后，又是威胁，又是命令，强行让他们向前进攻。一些箭射中了他们，鲜血直流。特别是两个倒霉的骑士，弩箭直接刺穿他们的头部，他们是在其他人的推搡中中了箭的。

又过了一会儿，差不多有一半的重甲兵和士兵，把希望寄托在其他同伴身上，自己则悄悄藏在树荫深处隐蔽起来。眼见攻破我们的希望很渺茫，灰狼不停地咒骂，发出了撤退的命令。于是，卡尔顿的全体士兵迅速撤到开阔地带。二十多个人落到了队伍的后面，陷进了壕沟或滚进了河里。攻城槌掉到一旁没人理会，一些挑夫也在后面慌慌张张地追着，敌人们伤的伤，跑的跑。

穿着铠甲的艾伦，站在城堞向下面投掷了两块巨石，砸中了护城河里运气不好的家伙。

马文和艾伦举着长矛冲到护城河时，敌人几乎全都消失在橡树林里了。很快，敌人开始砍木块和木条，想要做木筏，也想建成临时渡口。看起来，这里并不如卡尔顿想象中的那样有足够的灌木，但是也能拼成一条从水上进攻的小路。我们在上面守卫，侦察点视野开阔，可以发现任何敌情，让敌人根本没有突袭的机会。这边，老战士们对战场做了一次彻底的清扫。他们足足花了半个小时，才拉出河里所有的木板木条，还打成了捆。这些东西对于防御者而言，还真是一点用处都没有，食物才有用，我们应该先填饱肚子，才有精力应对下一场战役。

迎战了一天，当天夜里，每个人都很疲惫。卡尔顿强盗们营地的火光把我们的城堡围了个遍，提醒着我们他们有多近。我的母亲下令，一半人躺下休息，一半人监视，轮流站岗。她和马文四处检查，保持着高度的警惕。可是，她还是把我当小孩子，让我回到自己的床上去睡觉。我请求她给予我监视敌人的机会，可不管怎么哀求，她都充耳不闻。那个夜晚，鲁特琴一直在演奏柔美动听的音乐，可我在暖和的床上怎么也睡不着，心里总是不踏实。到半夜的时候，睡觉的人和站岗的人进行了换班，母亲、富兰克林和我，我们三个却一直睁着眼睛。

夜里很安静，第二天也是如此。敌军驻扎的开阔地带，这个距离可以射击城堡。我们也能清楚地听到，哨兵踏步和斧子砍伐的声音。

下午的时候，母亲休息了几个小时，留下了一直没有休息的马文。因为我们的老战士、这个富有战争经验的军官告诉她，围攻战一般会持续几个星期，没有必要把所有的精力和气力都消耗在最初阶段。富兰克林夫人四处跟着她，不停地给她端水递食物；我们都不停地劝她。于是，她终于同意去休息一会儿。

打响战役的第一个夜晚繁星满天，这一天却被厚厚的云层压得很低，四处漆黑，根本看不清敌人。我们全体都不准睡觉，因为有预感，卡尔顿人会

在今晚冲过来。相比以往的天气，这个晚上可能会是他们获得胜利的好时机。城堡里的人全都清楚敌人的数量远远多于我们，如果使用蛮力硬拼，灰狼带着他的部队一定可以长驱直入，扫平我们的庭院。

很快到了下半夜，森林里传来军队的踏步声。在黑夜的笼罩下，我们没有告诉敌人，自己已经蓄势待发。果然，没过多久，护城河的对岸隐隐约约出现半个人影。突然一声巨响，束柴、原木和沙土被持续投入壕沟，里面的水四溅开来。我们的弓箭手看见了这些自找苦吃的人，但是由于太黑了，敌人又极易利用森林做隐蔽，我们要瞄准目标非常困难。我们大部分的弩箭都射到地上、水里以及护城河边的石头上。

敌人扛起一捆捆灌木和沙袋，把它们投入沟渠，又回去扛新的，不停地来来回回。第一次袭击时，他们在老马文和老艾伦的正面抗击下吃了闷亏，这次就转向吊桥底部进攻。事实上，我们的壕沟很快就要被填满了，里面已经被投了数以万计的灌木和沙袋。黑暗中，这些敌人看起来就像是顽皮的孩童，背着东西跑来跑去。可悲的是，这样坏的天气，即使是点在城墙上的火把，也没有起到太大的作用。

我瞄准一个敌人射箭，与其他人一样，我根本不清楚我的箭是否准确地射中了他。只知道每一刻，敌人都不计其数地涌过来，木板和灌木堆得快填到护城河的内壁了。母亲在弓箭手后面来回小跑着，给他们搬来新的箭矢，而且嘴里大声讲着鼓舞人心的话，给战士们加油打气。老马文用他最快的速度不停地射箭，嘴里还一边咒骂着卡尔顿人。但是让人头疼的是，黑暗，把他们很好地隐藏在其中。又过了一阵，可以清楚听见斧头砍击铁器发出的声音，是的，这支嗜血的部队已经进攻到了吊桥的铁索处。

突然，一个想法如流星般划过脑海，我松开了拉弓的手。

“母亲！”我叫道，“我们必须在灯火下射箭，否则无法射中敌人。快！火炬！”

我扔下十字弓，跑去大殿，从壁炉上取下一个火炬，把它深深地插入壁炉的余烬。很快，它被点燃了，照亮了整个楼梯间，甚至是整个城堞。

我的母亲毕竟参加过蒙特默伦西的旧战，她瞬间明白了我的用意，跟着我点亮了火炬，紧随其后的，是老富兰克林夫人。我们三人跑上去，把楼梯拐角、梯子以及城堞处，通通点亮。

我们点亮了整座城堡，护城河的对岸都清清楚楚地映照在明亮的火光之下。我们的箭手可以准确地瞄准背灌木捆的人，以及准备过河的骑士。这一刻开始，气急败坏的咒骂声四处响起，敌人的尸体不断滚进满是泥泞的河里。艾伦又在城碟举起巨大的石头，当它砸中了行进在壕沟中的骑士后，他高兴得大喊大叫。老马文也瞄准了花白胡子，一箭过去，竟然射中了他！马文高兴地转了个圈，一不小心，竟然跌坐到地上。

噢，我们的敌人！你们不是喜欢践踏别人的土地，喜欢暴力行军，又吵又闹吗？你们还不是就这样被我们踩在了脚下？恐惧吧！害怕吧！上帝诅咒你们！我们的箭会在火光下把你们一个个射中！激战中，中箭的花白胡子被骑士一个抓肩膀，一个抬腿，狼狈地拖走了，他整个人身体头朝前，只能用眼神下达撤退的命令。箭不停地往他的方向射去，我听见塔楼里的伙伴都欢呼了起来。而城堞处，母亲、老富兰克林夫人和我，依旧向空中举着燃烧的火炬。

突然，老仆人尖叫起来，原来我受伤了。此刻，我才觉得肩膀上传来一阵钻心的疼痛。看起来，应该是拜某位卡尔顿的箭手所赐。上衣染满了鲜血，我一阵头晕眼花。这瞬间，我觉得自己快要死了。看看我的母亲，她的脸在火光下苍白得像个幽灵，她迅速抓住我一只手臂，老富兰克林夫人抓住另一只，以防我从城堞滚到护城河里。她们夹着我，把我带回大殿，放到床上。回去的路上，她们不断地祈祷，眼泪也一直流，完全忘了刚才赢得的辉煌胜利是我的主意。

老马文过来取下我的箭筒，给我简单包扎了伤口。这是我第一次受伤。老实说，当马文取走箭筒的时候，我发觉自己的肚子早就空了，但是整个房间里，人们只是进进出出，眼前摇来晃去的影像让我难受。然后，我听到马文郑重地对我母亲说，小主人现在已经是一个真正的男人了，他是芒乔伊的骄傲。听完这句，我再也无法托住笨重的脑袋，昏昏沉沉地睡了过去。

大概睡了两个多小时，我睁开眼睛，大殿不再摇晃了。母亲坐在身旁，把我的手放进她的手里。从我很小很小的时候起，她就一直这样。富兰克林夫人在旁边的椅子上沉睡，发出滑稽的鼾声。而老马文，又在清扫护城河，他和艾伦嘲笑着敌人的奸计，对于能够赢得胜利非常高兴。

"芒乔伊女主人，"他边说边敬了个礼，"我们漂亮地击败了灰狼的部队，灰狼就算没死，也受伤不轻，就让伤兵残队慢慢滚回他们的老巢。等我的主人从苏格兰战场回来，我会第一时间告诉他迪肯爵士的英勇事迹。"

"你是说真的吗？好马文，"我母亲问道，"你认为我们击溃了他们的进攻，所以他们放弃了吗？"

"我保证，女主人。我们狠狠挫败了敌人的进攻，而且杀了灰狼很多优秀的部下，这是他应得的。早上的时候，我看见他们的营火已经熄灭了，他们放弃了芒乔伊的森林和土地。这三天已经过去，我们可以四处活动了，不用再惧怕任何卡尔顿人，不管是他们的主人还是士兵。"

这话听起来可比物理学的术语好听多了。我的母亲面带微笑，赏赐了所有付出努力的人。很快，我又睡着了，梦见在黎明破晓时，我骑着白马奔驰在塔尔顿的河边，真是无比美好的一天。但是，当我在灰蒙蒙的清晨中醒来时，母亲已经再次登上堡垒。因为围攻者还在原地，他们的营火重新燃烧了起来，她派出的通信兵已经去了地方的营地，在城堡周边驻营的敌人看起来还想继续围攻。

母亲告诉我这个消息后，我猛地一把掀开被子。她试图让我重新躺下，可是我径直坐了起来，让她把靴子和十字弓拿过来。她心里很害怕，担心我会晕过去，但我知道我不会。因为马文才来过大殿，他说我的伤并不严重，甚至躺在床上就可以轻松打败伤痛，所以我觉得没什么，立刻跳下了床往堡垒跑去。

第二章　地牢踏步声

围攻战还在继续，什么都没变，只是少了花白胡子的首领，由骑士及其随从领兵，他们习惯围成环形对外攻击和防御。已经僵持好几个星期了，他们不时暂停攻击，发起的围攻战难分胜负。显而易见，如果没有翅膀，任何生灵都无法进出城堡。卡尔顿人把我们困在里面，想利用饥饿迫使我们投降。我们笑而不语，毕竟就在不久前，由于父亲率领部队前去战斗，准备了大量的粮食和肉干，除了带走的一小部分，剩下的都在储藏室里。这些食物完全够我们支撑整整一年。而且，庭院里还有一汪鲜为人知的泉水，清澈甘甜，从未干涸。所以，我们没有丝毫理由，也不会因为饥饿和口渴感到害怕。

经过马文的简单包扎，我的伤口快速愈合，我渴望即刻就举起弓箭，再次投入战斗。几乎每天，我们都要面对装备精良的敌人，一些卡尔顿骑士的弩箭别在银光熠熠的精铁马具旁，甚至无法看到他们盔甲上的焊接点。农夫和裹着动物毛皮的重骑兵在如此的装备下，能够把在战斗中受到的伤害降到最低。

这个阴气沉沉的清晨，距围攻战已经过去整整一个月了，我的心情无比沉重。因为留着长长的花白胡子的卡尔顿领主，再次站到了队列的最前面，他的身边被围成环形，排列出进攻防御的队形。

显而易见，他已复原。老灰狼很饥饿，他不仅垂涎芒乔伊的房子和土地，周身也充满着强烈的复仇味道，这场复仇对他而言，远比占领英格兰所有的土地还要愉悦。现在，所有人都在翘首期盼即将进行的战斗，我们的脑袋在快速运转，我们的计划是让敌人一败再败，无法取得成功，我们一定要让他们尝尝兽性的侵略与贪婪的心理带来的恶果。一些老仆人在谈及灰狼残暴恶毒的行为时，都忍不住瑟瑟发抖。如果灰狼赢了，他们的下场可想而知。

差不多夜里十点，随着冷冷的春雨，天气阴郁，芒乔伊传说中的幽灵或多或少地搅乱着人心，一个弓箭手去地窖喝酒解闷。突然，他一个箭步冲上楼梯，直奔大殿。因为害怕，手忍不住直哆嗦，牙齿也不停地颤抖，甚至空啤酒罐都没来得及扔。

“噢，我的女主人！”他喘着沉重的呼吸，“恶灵正虎视眈眈地怒视咱们，我们先前所有的努力会化为乌有。”

“你在说什么？加文？”他的女主人喊叫道，“谁告诉你关于恶灵的传说的？”

“这，这是真的！”可怜的加文回答，“就是现在，在地窖里，它迈着沉重的步伐，‘踏！踏！踏！’地向我们走来。它要来抓走可怜的人类，我们将任它宰割。我们都有罪啊，此刻这里没有拿圣经和灵钟的圣人，我们无法对付它！”

“滚一边去，你这个懦夫！没想到你一个人面对黑暗竟变得如此懦弱。”我的母亲说道，并带着轻蔑的神情，“加文，看看吧，我们的监视者在这个阴冷的夜晚喝啤酒，吃晚餐，如此这般轻松地面对我们，那么就算只剩你一个人也必须拔剑战斗！”

然而我们勇敢的老弓箭手，这个经历过上百次战斗的英雄，此刻却脸色苍白，说话吞吞吐吐。

“不过，我的女主人，凡人要同恶灵战斗恐怕不太容易。我们都应该认罪忏悔，希望这样可以阻止黑暗力量。我有罪啊，我不敢面对恶灵。就让我面对一个真实的人类吧，不管用什么武器，我都能直接向他挑战。可是，可是我无法面对只有踏步声音的幽灵，在这个夜晚，它能用看不见的手，轻而易举地拧下熟睡之人的头。”

我的母亲脸色发白，透过烛光，我看见她的衣袖微微摆动。她张大嘴巴本想指责加文，却吐不出一个字，只是充满疑虑和恐惧的眼睛一闪一闪。老实说，这一幕真是有点恐怖，可我的私心里竟还有点希望去面对黑夜里的地窖。并没有等太久，我调整好情绪，想在这个安静得可怕的夜里，去面对并没有手持武器的对手，尽管我的喉咙像堵了块东西般难受。然而实际上，我们大家坐着，面面相觑，眼神里都充满了恐惧。这时，一个想法冒了出来，那就是我必须肩负起芒乔伊的责任。不管我的仆人们，在这个又黑又暗且乱糟糟的时刻多么地害怕恶灵，也没有人有强壮的身体和完美的计谋可以应对，可我还是要站出来，勇敢地面对它。因为我是芒乔伊的继承者，我的父亲是可以直接在法兰西国王面前下跪的贵族，此刻他正在耶路撒冷的土地上执行充满荣誉和骄傲的圣令。想到这里，我站了起来，大声喊道：

“呸！好加文，我看你是被老女人之间的闲言碎语吓破胆了吧？来吧，我走在你前面，快点上蜡烛，我们一起去赶走你的想象！”

“你说话像个真正的蒙特莫伦西人，”我的母亲带着一丝笑容，“是的，迪肯，你的举动让我们感到羞愧。”

接着，她慢慢站起，取下了身后柜子上的烛台。

“噢，我的女主人！”老富兰克林夫人叫出来，“别在这样的夜晚去地窖，那是男人们喝啤酒的地方。这样恐怖的夜晚，真不适合对付恶灵。就呆在有火的地方吧，很快就到该去城堞视察的时间了。”

但是我的女主人已经站在门闩处，这道门连着城堡的主楼，下面就是通往地窖的楼梯，我举起了十字弓。

“就让我来挑战黑暗势力的恶灵吧，”我说，“在我这把好钢弩前，让我看看它是否还能站得起来。”

虽然我自信地喊着话，也准备好了对抗，但是幽灵踏步这件事还是让我浑身发冷。我听父亲提及过，十字军战士曾非常辛劳地在城墙下挖掘了数个星期，利用连通矿井和隧道，从地下通道进入城堡主楼，拿下了撒拉逊的要塞，赢得胜利。现在，卡尔顿的老狼为什么没有进攻呢？他在等待什么？看起来他的战士们都过于安分了，难道他们正在秘密地挖地道，想通过地道攻入城堡吗？如果加文听到的声音不是恶灵踏步，而是老狼率领军队攻了进来，那我们势必会陷入困境之中。

“快来！”母亲说，她的脸色虽然苍白却坚毅无比。一起推开又沉又大的橡木门，她第一个走向了地窖。

我拿着十字弓紧紧跟着，后面是富兰克林夫人。紧接着，老马文拿起了十字弓，腰上别着匕首，也跟了上来。不过他嘴里碎碎念着拉丁语的祈祷。

我们走到一半的时候停了下来，这里是祖辈安宁的墓穴。这时，一股阴森森的冷风吹过来，烛火摇曳，女主人用颤颤发抖的手抓住了马文。我站起身来，看着我的母亲，给她勇气。我们在那里站了很长一段时间，我甚至能够听见紧身衣下咚咚的心跳声。这时，从地下，又或者是从坚固的墙上，传来一阵声音——

“踏，踏——踏——踏踏。”

没有一个人说话。母亲由于害怕，手中得蜡烛晃动了起来，掉到地上熄灭了，我们立刻陷入一片漆黑之中。接着，声音又响了起来：

“踏，踏——踏——踏踏。”

“噢，母亲，”我小声说，“是地道！秘密地道！我们的敌人发现它了。”

又是一阵可怕的沉默。声音再次响起——

“踏，踏——踏——踏踏。”

我拿着十字弓紧紧跟着，后面是富兰克林夫人。紧接着，老马文拿起了十字弓，腰上别着匕首，也跟了上来。

巨大的墓穴里响着回声，我的女主人母亲突然大喊起来：

“噢，我的主人！我的芒乔伊主人，是您吗？”

一个混沌的声音传过来，听不清说什么，又是一阵踏步声。

她立刻跳到墙边，用开心的声音继续喊：

“噢，我的主人，我的主人，请您稍微耐心地等等，我马上开门！”

她拨开悬挂着的又脏又旧的布帘，上面满是灰尘和污垢。掀开之后，一扇小小的铁门出现在我们面前。她从束腰带里拿出一把特别大的钥匙，转动锁孔。可是她的力量不够，老马文过来给她搭了把力，他俩用力开动了锁。铁门慢慢地被打开了。我的父亲，芒乔伊的主人，带着一个中队的骑士和重甲兵，借着烛火来到了我们面前。

芒乔伊的女主人扑进了父亲的怀抱里，她把手环在他的肩膀上，问了一连串的问题，好像要他立马全都回答出来。

“您从哪儿回来的？我的主人。苏格兰人被打败了吗？您听说卡尔顿老狼的卑鄙行径了吗？有多少仆人跟着您呢？噢，我居然忘了这个秘密通道，这把钥匙可是您在新婚之夜赠与我的。我这个人真笨啊，竟然会相信恶灵踏步的传说。幸亏迪肯想起了秘密通道，听到您敲打墙壁的声音，我非常坚定——那就是您！”

这个时候，老马文已经过去迅速关上秘密之门了。我们一起朝楼上走去，父亲一手将头盔挽在手臂处，一手搂着这个城堡的女主人。

“嗨，我亲爱的凯特！别着急，我会慢慢地一五一十地告诉你的。苏格兰人已经被打败了，我们芒乔伊将会共享殊荣。刚好在大战结束时，芒乔伊勇敢的小伙子找到了我，向我报告了卡尔顿背信弃义的事。我立刻向国王辞别，跟着这个小伙子快马加鞭地往回赶，好及时解救我的家园和最爱的妻子。我们回来的时候，在塔恩·洛克进行了部署，有一部分士兵驻扎在那里，得到命令后从后方对卡尔顿进行包抄。然后，我随身带着十个最好的战士以及战马先行回来，本来想直接进行战斗的，但是他率领了强兵，我们人太少，无法正面迎战，只得临时改变策略。这个时候，我想起了秘密通道，它的出口在城堡外零点四英里处，我们就从那里潜回了城堡。进来后，我每隔一小时就敲一次门，希望您能发现我们。现在不是很好吗？我的凯特，我们见面了！让我看看，卡尔顿那个混蛋伤害到你和迪肯了吗？”

“并没能把我们怎么样，我的主人。迪肯在一次公开的交火中受了箭伤，经过包扎，恢复得不错。他们的确制造了一些慌乱，尤其在接近我们的时候，确实厉害。不过，迪肯、老马文以及其他的战士非常英勇，他们也让敌人吃尽了苦头。许多卡尔顿骑士被割破了喉咙，老狼全副武装，缩在钢盔甲里，还不是被马文的箭给射伤了。”

第二天一早，城堡的制高点悬挂起父亲紫红相间的徽章旗，迎风飘扬，非常显眼。敌人的营地里，不停有人对着旗帜指指点点。灰狼也出来了，他望着旗杆出神。他们这群人，自然明白这意味着什么。我不难想象，他们一个传一个时惊讶的表情。他们会纷纷猜测芒乔伊女主人的策略，究竟是如何让自己的主人穿过了他们的火线，连夜返回了城堡。特别是当他们看见芒乔伊主人全副盔甲地站上城堞处，插上他从意大利带回来的紫色羽毛，他们该有多惊讶！就算透过瞄准器努力观察城堡的城堞和窗户，他们也无法说清里面有多少武装精良的骑士。不难想象，卡尔顿营地正流言四起，这个流言正是关于芒乔伊主人如何率领精兵，在夜里躲过敌人的哨兵，秘密而神奇地潜回了城堡。

灰狼用恶毒的眼光狠狠盯着父亲的徽章旗，还叫来了一些年轻小伙子不断确认。他开始狂怒，大声咒骂着，这个举动让所有的战士都战战兢兢，跟着他下令拔营，返回了特拉莫尔。

到中午，这场围攻战彻底结束了。围绕城堡的营火全部熄灭，吊桥也重新被放下。传令官去了塔恩 · 洛克，通知所有的战马和兵士回到城堡。晴朗的春日下午，我们去侦查了敌人废弃的营地。我骑在父亲旁边，第一次别上他从大马士革给我带回的金柄剑。

两个月后，国王回到伦敦。确定了我父亲的属地，派传令官去给卡尔顿老主人下达命令，要他立即前往皇家法庭受审。这一次，老狼又病了，并且向传令官表示自己会严守命令。可是，直到传令官离开，他也没能从床上再起来。

马文那一箭射中他喉咙的伤，再也没能全愈了。他全身高热不退，一直躺在床上，卧室里的神父不停地祈祷。太阳落山的时候，我看见卡尔顿的蓝白徽章旗在特拉莫尔的城堞处缓缓降下了一半。

第三章　森林人塞德里克

芒乔伊打败卡尔顿差不多六个月之后，已经是十月了。一个晴朗的正午，我正在森林里骑马，这儿离我家差不多九英里，我要去看望莱斯特庄园的表兄妹。莱斯特位于佩勒姆·沃德的郊区，去他们那儿或许能吃上味道不错的鹿肉馅饼，可是他们的餐桌上永远没有桌布。

我可爱的白马克洛西德，在森林里的道路上一蹦一跳，非常开心。就我自己而言，我觉得我年轻，身板儿好，身体恢复得也很迅速。走到塔尔顿河的时候，涟漪在阳光的映射下泛着一层又一层的金光，我想起卡尔顿对我们发动了第二次进攻的那晚。当时，我被马文包扎了伤口，做了一个非常美丽的梦。现在这儿的水面，波光粼粼，就像我在梦中所见过的，橡树叶子在阳光下，或红色，或褐色，或金色，我在河岸边骑着马，感觉非常惬意。

身旁别着我的父亲芒乔伊主人从苏格兰战场带回来的金柄剑，正烦躁它无用武之地。我十六岁的生日就快到了，声音还有些尖声尖气。每当一个人在森林里时，我也唱些美妙动听的歌谣，这些歌谣听见父亲唱起过，他说是普罗旺斯的吟游诗人追随十字军去圣地时唱的。

眼睛随意一扫，我突然瞥见道路右边两百码的地方像是有点儿动静。这种动静绝不是风吹过造成的，因为圣马丁的秋天空气直流，眼下根本没有风。这个小小的动静就发生在一瞬间，不过是小树苗顶端的树叶晃了一下，像是什么重东西或人掉了下来。很可能是某人偷偷地藏在灌木丛里，真希望他不是为了做什么坏事。

过了一会儿，我拉过克洛西德的头往回走，眼睛却一直盯着灌木丛，只见那里长满了蕨类植物。很快，我就证实了自己的猜测，灌木丛里确实有动物，一只长着漂亮鹿角的朝气蓬勃的成年雄鹿钻了出来。在过去动乱的时候，郊区很多骑士和绅士都随国王在苏格兰征战，法律没有禁止杀鹿，很多恶棍就当起了森林盗贼，对雄鹿盗猎滥杀。我曾经有两次，在茂密的树林里看见被半剥的动物尸体，上面全是刀剑的砍伤，被残忍地取下了脊部和腰部的肉后，就被随便丢弃在那里喂狼。想到这里，我的内心愤怒难忍，大声吼叫出来：

“喂！喂！你这个偷鹿贼！双手沾满血腥的家伙！有我在这里，你休想对它下手！”

盗贼站起来望着我，我发现他比我大不了多少，不过肩膀和屁股比我宽一点。看起来，他不太像长期潜伏在森林里凶神恶煞的猎手，而是长着一张好看的英国人的脸，上面两只蓝眼珠滴溜溜地转。不管怎么说，面对我像罗宾汉一样正义勇敢的大喝，他居然用粗暴严厉的语气回应我：

“我没有偷鹿。我是佩勒姆的森林人埃尔伯特的儿子。佩勒姆主人允许我们每年可以拥有四只鹿，这才是抓住的第三只。”

“你在撒谎，偷鹿贼。”我大叫，拔出剑在空中劈砍，“把动物放了，到我面前来，带我去佩勒姆庄园，我要见见佩勒姆主人，看他是否承认你编造的这个美丽的故事。”

话还没说完，这个森林人迅速倾斜身体，一把抓起他搁置在一旁的十字弓，把箭搭在机关上，以一棵小树干作掩护，直接把箭头对准我的喉咙，粗鲁地咆哮：

“现在，芒乔伊的迪肯爵士，骑上你的马，走你的阳关道去吧。我说的都是真话，你去了佩勒姆自会知道。可是我是不会去的，我还得呆在这里做

我的事。快走吧，我的手已经扣在扳机上了。”

他的蓝眼睛一眨一眨，我对他起不到任何威胁作用。这个家伙太傲慢无礼了，明明是个最下等的人，却一点都不懂得尊卑。我观察他十字弓进击的方向，确实对我非常不利，可以一箭刺穿我的头部。而且，他站立的地方多有茂密的树枝作隐蔽，我的剑根本无法挥动开来。如此一来，他轻而易举就能杀死我，就像杀死一头雄鹿。我只好调转马头，跑出了灌木丛。我要去佩勒姆，向他的主人报告，要把他的头从肩上摘下来，这是他应有的惩罚。这个年轻的森林人说的话一个字也不能信，见他第一眼我就知道了。

不得不承认，面对他时，我缩头缩尾的行为让自己非常气恼。我突然想起父亲对我说过的话："在伟大的英格兰战争中，实际上，装备完善的骑手和身体强壮的勇士都不是最英勇的人，而是一些农民和森林人，他们在艰苦的战斗中，身穿简陋的兽皮，或是森林里的橡树麻布衣服，在战争中冲锋陷阵，为盔甲骑士率先拼出一条血路。”

很快，我就骑上了一条小道，速度慢了下来。我在认真思考是否要向这位佩勒姆森林人的主人告发——如果这个家伙真是如他所说，是埃尔伯特的儿子，是得到准许才捉鹿的，那该怎么处理？我的思绪彻底被搅乱了，在翠绿的树林里看不见美丽的风景，也听不到头上鸟儿婉转的歌声。突然，我被前方吸引过去，一串哒哒哒的马蹄声驶过来，距离只有一百码。一个瘦高个的年轻人，穿着我们西部的骑士服，朝我径直而来。不用再看了，我已知道是莱昂内尔，老卡尔顿主人的二十岁儿子，我们最可恶的敌人。

初夏时节，卡尔顿的老狼呆在他的城堡里，由于箭伤恶化，仅仅用了两个月就过世了。他是被我们的老马文用十字箭所伤的，因为想围攻我们芒乔伊的城堡，那个时候我的父亲还在苏格兰战场上随国王东征。

莱昂内尔离开特拉莫尔差不多五年了，他作为出身高贵的年轻人之一，住在坎伯兰郡公爵伦敦的城堡里，作为宫廷侍童接受礼仪、读写及军事训练，只等有一天能取得骑士头衔。得知他父亲的死讯后，他匆匆赶回了特拉莫尔，照顾母亲，接管丰厚的产业，处理城堡里的一切事务。

我们常常听到他扬言，要拼尽最后一口气，干掉整个芒乔伊。尽管国王已经宣布芒乔伊是我们的领地，这个人依然口出狂言，甚至说只用马刺，就能让我们全军覆没。我想，此处离特拉莫尔城堡还有一段距离，即使他身旁暂时没有援兵，也一定不会放过可以对付我的这么好的机会。我的手里有一柄好剑，我可以跟他决斗，像个真正的勇士一样。

我的想法被他看穿了。莱昂内尔恶狠狠地盯着我，将马逼停在我对面。他把马缰紧紧地拽在手里，挺直了他的腰。

“哈！真是一场不错的相遇啊，芒乔伊的小迪肯。”他厉声说道，“我今儿突然决定走走这条小道，没想到怎么就遇上野狗群里脱单的小狗呢？你是不是也在想，怎么就遇上了卡尔顿这个敌人呢？”

卡尔顿比我高，四肢也比我长。他身旁别着一柄宽刀，还有一把满是雕刻着邪气纹饰的匕首。他比我年长四岁，又受过很好的军事训练，不管谣言是否准确，他都绝对不会是个孱弱的对手。可是听到他如此侮辱芒乔伊，我做不到无动于衷，恶狠狠地以牙还牙：

“你不过是头畜生，是狼群中的一只小狼崽子！”我朝他吼，“从马上滚下来，要是敢，就拔剑！你来尝尝我的剑，保证你再也站不起来！”

我边说边跳到地上，拔出武器。卡尔顿几乎没有停顿，直接朝我冲来。我不停地猛刺，又不停地躲闪，这些都是父亲这些年教给我的技艺：当敌人刺过来的时候，我得像一只猫那般灵活地闪躲，然后一个转身，剑头转过去直刺对方的喉咙。

“哈！”卡尔顿的牙缝里蹦出这个字，“看来芒乔伊的小狗会耍一两个小花招，这个游戏有点意思，猜猜你的肚子会喜欢这块冷冰冰的钢铁吗？看剑！”

他故意戏弄我，用沉重的大剑一阵左砍右劈。不得不承认，他确实在坎

伯兰郡的城堡里受过良好的训练，才有这样的进攻招式。当年，知道他进入坎伯兰郡后，我内心特别沮丧，练习各种武器占据了我大部分时间。有些人天生擅长武技，比如老马文，他射得一手好十字弓，但是卡尔顿的莱昂内尔好像不是这样。没过一会儿，我们转圈，相互刺杀，在树林的阴影下难分胜负。现在我知道了，尽管这些年，卡尔顿受到了良好的训练，其实并没有比我强太多。我们刀剑相向时，他的每一招我都能恰到好处地挡开，每当这时，他就冒出几句脏话。

随着我们脚步的快速移动，橡树叶在脚下“哗啦哗啦”地响。面对危险的攻击，我左闪右躲，见到好机会，便用剑一挑，刺中他的胳膊，鲜血立刻溅了出来。他暴跳如雷，一阵狂骂。我瞅准这个机会，对准他的心窝。

我一剑刺去，他本能地往后跳开，身体没受半点儿伤。我意识到他穿着锁子甲，而我没有任何防护，就这样同一个装备精良的对手决斗，想到这里，我顿时浑身变得冰冷。

“嗬！”我吼道，“你穿着锁子甲，是害怕在决斗里受到丁点儿伤吧！”

他露出一个狡黠的笑容，就像当时芒乔伊大门前的卡尔顿灰狼回答我母亲时的表情一样。但是他没有停下来作答，而是继续向我发动进攻。我艰难地避开他两次，瞅准他的脖子，又是一剑，血再次溅了出来。

这次，他气愤得失去了理智，像头野兽一样向我咆哮着冲过来，用尽全身力气想控制我的手臂，掐我的脖子。双方的剑在争斗中都掉到一旁，我们开始赤手空拳地搏斗。根本就不像身份尊贵的骑士或绅士，反倒像两个醉汉，为了一颗骰子乱打一气。实际上，现在卡尔顿靠力气确实占了上风。我被他狠狠压在身下，动弹不得。我努力扭动身体，他一拳挥下，用膝盖死死抵在我的心窝上。

突然，他抽出匕首，把它指向我的喉咙。

“现在求饶，芒乔伊的小崽子，”他气喘吁吁地说，“快点，否则你就

我一剑刺去，他本能地往后跳开，身体没受半点儿伤。

等死吧。”

“你赢了，”我回答，“但是，打到这种程度我才输，我也感到一种前所未有的荣耀！”

“你的傲慢一点用也没有，”他咆哮，“你现在不过是我的俘虏，快说，说你会拜卡尔顿为尊贵的主人。”

我回答了他，一个字一个字地从嘴里吐出来：“永、远、不、可、能！”我叫道：“与其受这等屈辱，不如让我去死！”

“那你去死吧！”他大叫，匕首向我喉咙刺来。

我闭上眼睛，脑海里全是喉咙处血流汩汩的景象。但过了好一会儿，也没有任何疼痛的感觉。我睁眼一看，敌人已经躺到了一边，一动也不动。

我站起来，看见卡尔顿面部朝上躺在橡树叶子里，前额插着一只十字弓箭。有人面向我，我定睛一看，原来是一个小时前遇到的那位年轻的森林人。他喘着粗气，手里举着十字弓，好像刚刚跑过来。他大声对我说：

“您受伤了吗？主人？他刺到您了吗？”

“没有大碍。”我回答，检查了一下身体，“我必须感谢您救了我的命，在这千钧一发的时刻。”

“感谢上帝！”他愉快地说，“卡尔顿得到了他应有的惩罚！我在幽谷那边听见叮叮当当的刀剑响，还有卡尔顿这个卑鄙小人咒骂的声音，就忙从树林那边跑过来，正好看见你们两人在搏斗，他差点儿就要杀了你，幸亏我的弓箭在手边，才能把他解决掉。”

“埃尔伯特的儿子，”我喊道，向他伸出了右手，“你真是个果断又勇敢的人，我要和你成为朋友。你叫什么名字？”

他紧紧握住我的手，笑得非常灿烂，“塞德里克，”他说，“一个不错的撒克逊人的名字，承袭我曾祖父的。”

“很好，塞德里克，我们结识在这危难的时刻，成为朋友。卡尔顿那边的马现在是我们的了，这是法律允许的，你快去骑上它。后面一定跟着很多卡尔顿的走狗，所以现在赶紧走吧。”我捡起掉落在橡树叶上的剑和帽子。

他骑上马，轻车熟路地选择走了一条小道。在橡树下才跑了差不多四分之一英里，他就回过头来朝我大叫：

“有一群人在追我们，里面甚至有六个卡尔顿的重甲兵，如果被抓住，一定会被杀死的！快，快跑！”

我们骑着马在颠簸的路上一直狂奔，我甚至记不清，马刺用得多厉害。塞德里克没有马刺，他就用脚后跟不停地踢马肚子，我们全速朝前跑去。卡尔顿人一发现我们就大声吆喝，在后面穷追不舍。我们看见他们在莱昂内尔的尸体处停了一下，然后更加疯狂地追过来。我知道，如果只是追逐，他们一定会抓住我们的。我的坐骑是一匹母马，它已经拼尽了全身的力气。塞德里克骑的是卡尔顿的高头战马，已经遥遥领先，见我落在后面，就等等再跑。追来的人非常多，他们的马可都不是吃素的，每匹坐骑都是训练有素的战马，马蹄声在森林的道路上如雷贯耳，像是正展开一场马上比武大赛。

我们差不多跑了半英里远，很明显，我的小马驹根本不是卡尔顿这些高头战马的对手。而且我们有些迷路，可以听到他们沿着我们的踪迹追过来，甚至马镫声和刀鞘声都清清楚楚。

我们拼尽全力骑上了一个满是鹅卵石和岩石的斜坡。突然，塞德里克拉紧缰绳，原来那边有个平台可以躲藏。他气喘吁吁来不及说话，我高兴地跟着他，知道他的用意。

森林人从马上跳下来，迅速架起十字弓，把箭扣在弦上，瞄准敌方第一个领头人。领头的被射中了，顷刻之间坠了马，其他人扯住了缰绳停下马，显得有些不知所措。我的伙伴出手敏捷，出箭射中了另一匹马的胸部，马惊跳起来，把重甲兵狠狠地摔到地上。

如同闪电一般，塞德里克又射击其他人的马背，我跟着他进行隐蔽性的

我们差不多跑了半英里远，很明显，我的小马驹根本不是卡尔顿这些高头战马的对手。

攻击，这批人暂时退下了。森林里大树多，树枝低矮又茂密，没有骑手能在这样的地方好好骑马，但是我们为了逃命不得不上马狂奔，否则只有束手就擒。我们用了五分钟，扯下树枝把自己和马进行全身装扮，看起来不容易在森林里被发现。果然，离得稍远一些后，他们就瞧不见我们了，我们听到他们愤怒的声音渐渐小了下去，直到听不见。

很快，我们来到一条小河边，没有停顿，也没有说话，正如我猜想的，塞德里克骑马一直朝前走。之后，我们又调整马头，沿着河床，往上游的方向去。差不多走了四分之一英里，我们来到一个浅滩，这里有一条非常隐蔽的小路。我们又听到树林里传来一阵策马飞驰的声音，敌人再次出现了，我们难以思考，继续往前跑了一英里，道路由窄变宽，我认出来曾经同父亲在这里打过猎，离芒乔伊只有五英里了。

我们停住了，塞德里克跪下来，把耳朵俯在地面上。然后他站起身，高兴地边笑边摇头。

“听见马蹄声没有？”我问到。

“听见了！”他回答，“我想起这里有一个山洞，可以进去躲躲。就在那边。”

“用不着，”我说，“我们只需再跑半个小时，或者用不了那么久，就能到达芒乔伊的吊桥处。到时，你对付卡尔顿的行为一定会受到嘉奖。”

风声在耳边呼啸而过，钢铁铸成的十字弓被我们紧紧拽在手中。

刚进入芒乔伊的领地范围，不知从什么地方射过来一支箭，差点射中我们。我抬头一看，大概一百码的岩石处有一个卡尔顿重甲兵。他带着非常丑陋的头盔，正隐蔽在那边。塞德里克抓紧手里的缰绳，躲开恶毒的箭，然后用脚后跟踢马肚子，迅速隐蔽到树干后。我觉得他十分聪明，赶忙照着他做。可是我发现，这个时候有一个单独的敌人正好横在我前面，弓上刚好没有箭矢。塞德里克此时已经扳倒了先前那个人，而我，还是一座城堡的继承者，

竟然什么也没做成。我像我的臣民一样咆哮起来："为了芒乔伊，为了芒乔伊！"马刺一锥，手上提剑，朝这个家伙冲过去。

卡尔顿的骑兵换好箭矢开弓射箭，可是却没有塞德里克那么熟练。他射了两次，都没能射中我的胸部或头部，他笨拙地又把手伸进身旁的袋子掏出箭，再开弓，箭却掉到地上。他气极了，干脆把弓箭扔到一旁，从腰上取下大刀挥舞。这家伙很高，手也很长，我看清他穿了一件锁子甲和棉布做的战袍，剑很难刺穿这种衣服。在那天，我已经是第二次为我愚蠢的冲动后悔了，搏斗显然不公平，这个丑陋的男人实在是太强壮了，幸亏我还算灵巧，才能一次次躲开他致命的攻击，可是血仍然溅了出来。我可以感觉到，虽然他的剑术非常生硬，腕力却很大。突然，一只箭飞过来，直接射中他的脖子，这个人直挺挺地倒下去，面部朝上，甚至都没来得及叫一声。

我向四处张望，以为会看见很多埋伏好的重甲兵，谁知一个也没有，也再没有箭从暗处射来。整片森林宁静无比，太阳正徐徐地西沉，束束阳光透过树叶照到地上，仿佛这里从来没有发生过任何关于争夺和复仇的杀戮。塞德里克，骑在卡尔顿的战马上，向我小跑过来，他的手里握着十字弓。

"还有人跟来吗？"他问，"如果是的话，得赶快找地方躲起来。"

"没看见。"我说，"那边一片白桦林，我们骑马过去。他们应该是分散追的，其他人可能追去了另外的道路，否则我们肯定已经被砍头了。"

"确实如此！"塞德里克回答，"我们现在得加快步伐，往韦勒姆路走，赶快远离这里。这家伙看起来不是一个好弓箭手，否则我们两人至少有一个走不到芒乔伊。现在，快走！您骑的这匹马还能翻过那座小山吗？如果可以，说不定甩得开卡尔顿的那些家伙。"

我使劲一蹬马刺，给了他一个漂亮的示意。于是，我们沿着峡谷飞快地奔驰，蹚过小溪，翻过低矮的罗恩山，很快，我们看见了芒乔伊的塔楼。此时，还有一个小时太阳就落山了，我们安全地到达了吊桥。

第四章　芒乔伊的胜利者

佩勒姆·沃德的塞德里克同我一起冲进庭院时，芒乔伊的主人——我的父亲正从马厩处过来。他最爱的坐骑是一头漂亮的黑色公马，名叫凯撒，在马上比武中不小心扭伤了。父亲非常细致地照料它，因为它还得上战场呢。我们慢慢地走近他，芒乔伊主人仔仔细细地把我们看了个清楚：全身上下，溅满泥浆，一件好好的衣服到处是撕破的口子，上面全是血污。是的，恐怕我制造了一个恐怖画面。果然，父亲皱紧了眉头，用无比严肃的声音对我说：

"这是怎么回事，迪肯爵士？你骑着这匹母马去魔鬼的地狱转了一圈吗？这个穿着破布条军衣，骑着马在你身边的小伙伴又是谁呢？我想想，他还是应该乖乖地呆在属于自己的地方吧，至少应该向后退一点。"

听到这话，塞德里克满脸涨得通红，还没等他说话，我赶紧抢先说道：

"别这样，父亲。这是塞德里克，佩勒姆·沃德的一个森林人，我们是共患难的朋友。他的十字弓技术，比我好上两倍，不，是三倍（他的技术确实好得如同老马文）。父亲，我今天差点被卡尔顿人给杀了，是他救了我的命！"

"我的上帝！你在说什么？我的男孩？"父亲惊叫出声，脸色都变了。然后，他转向塞德里克。

"凡是选择对付卡尔顿的人都是芒乔伊真正的朋友，过来，小伙子，把手伸出来。请原谅我刚才的无礼，那是因为并不知道你的功劳。我想问问，

你的十字弓是用来对付好人和恶徒的吗？”

“只是其中一部分，我的主人。我绝不会用它来打劫一个老实的农民货仓，或是烧掉一个守山人的屋子。”塞德里克微笑地回答。

“不错！你是一个男人，如果你觉得芒乔伊的供给还不错，可以留下来成为我们当中的一员。”父亲说道，“但是你得换上一身整洁干净的衣服，然后到大殿上来，我们边吃边聊，瞧瞧你俩，都快饿坏了。这儿有刚出锅的肉饼和其他食物，你们可以慢慢告诉我，今天都发生了些什么。”

在大殿上，我们高兴地见到了母亲，她听说了刚才后院所发生的事情，就急急忙忙地赶过来了。我向塞德里克介绍了尊贵的母亲，他摘下帽子行了大礼。母亲关切地询问我俩有没有受伤，并伸出手把我们拉到火前，反复确认脸上的皮肤只是被树枝刮伤才作罢。然后，她让塞德里克坐到芒乔伊骑士或大臣的位置上。又急急忙忙出去，命令女仆人端来新鲜的肉和葡萄酒。

在我们吃的时候，父亲和母亲坐在旁边，估计肚子被填得差不多的时候，女仆人又端来一罐芒乔伊的蜂蜜，这是母亲亲自储存的，只用来招待尊贵的客人。我顿了顿，开始讲述这一天发生的幸运之事。

“你知道，父亲，卡尔顿年轻的莱昂内尔到处宣扬，要取您和我的命，为了给他死去的父亲——卡尔顿的老狼报仇。”

“我当然知道。”我父亲怒喝，“这个乳臭未干的小子，要不是看他年纪小，我早就想教训他了。他不过在骑士的马上比武大赛上赢了一场，竟然就敢出现这样荒唐的念头，要是我见着他，武器随他选，保证让他乖乖闭嘴！”

“永远不可能了，父亲。”我说，“因为这儿的塞德里克已经替你做到了。今天，我刚好一个人在森林里骑马，遇上了年轻的莱昂内尔。他朝我和整个家族挑衅谩骂，说什么芒乔伊是一群野狗。任何一个芒乔伊人都听不下去，我就郑重地接受他的挑战，然后和他在小路边搏斗了起来。我很快就发现，他在衣服下面穿着锁子甲。但他的攻击都被我挡开，他的剑根本无法伤

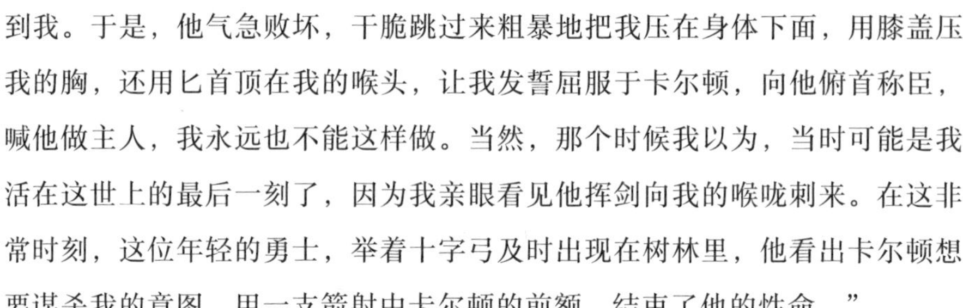

到我。于是，他气急败坏，干脆跳过来粗暴地把我压在身体下面，用膝盖压我的胸，还用匕首顶在我的喉头，让我发誓屈服于卡尔顿，向他俯首称臣，喊他做主人，我永远也不能这样做。当然，那个时候我以为，当时可能是我活在这世上的最后一刻了，因为我亲眼看见他挥剑向我的喉咙刺来。在这非常时刻，这位年轻的勇士，举着十字弓及时出现在树林里，他看出卡尔顿想要谋杀我的意图，用一支箭射中卡尔顿的前额，结束了他的性命。”

我把这一切讲给父母听的时候，母亲的脸变得苍白，父亲气得满脸通红，怒目圆睁，两手紧紧地握成拳头。当我讲完后，母亲急忙问道：

“噢，迪肯！你身上全是伤口吗？”

“还好，”我回答，“实际上，离死亡确实只有一步之遥。当时我们没有时间再思考了，卡尔顿的随从马上就要到了，其中还有六个重甲兵。我们骑着马飞也似的逃命，塞德里克骑着卡尔顿的战马，我的克洛西德没有那么矫健的四条腿，因此，不得不精心挑选逃跑的路线。幸好，塞德里克的十字弓非常厉害，途中遇到两个卡尔顿重甲兵，都是他用十字弓解决了他们，我们最终才能逃出树林，安全回来。”

“哈！”父亲非常高兴地叫出来，站起身向塞德里克伸出手去，“你真是做得太棒了！这么轻易就解决了卡尔顿的那些混蛋！你是谁的儿子，我的朋友？你以前有过在生死边缘战争的经验吗？”

“我是埃尔伯特的儿子。”塞德里克沉着地回答，“我们的主人是佩勒姆，他是一个森林人。去年，他在什鲁斯伯里的马上比武大赛中赢得了弓箭奖牌。从那时起，我就开始学习十字弓，我的技术都是他教的。”

“你多大了？”

“圣烛节的时候满十六岁。”

“你和迪肯的年纪差不多。”我母亲说道，“塞德里克，你母亲还健在吗？”

我把这一切讲给父母听的时候，母亲的脸变得苍白，父亲气得满脸通红，怒目圆睁，两手紧紧地握成拳头。

“没有，我的女士。”他的声音低了下去，充满了悲伤，“两年前我们埋葬了她。”

“非常欢迎你来芒乔伊居住。”

母亲红彤彤的脸颊上一双眼睛闪烁着渴望：“学过你们的文字吗？能读懂祈祷书或编年史吗？”

“不会，我的女主人。”他一阵脸红，“我们住在森林里，很少有人能认识文字。”

“我会教你的。你是一个懂礼貌的小伙子，从你跟我们谈话，我就看得出来你知道区分不同的场合，你会成为一个非常好的牧师。”

“他不会成为牧师的。”我大叫，“收回你的话吧，好妈妈，他将是我的贴身将士，是我战场上的好伙伴，好搭档。他会教我十字弓，我也要把我的剑术教给他。您要说点什么吗，父亲？我是对的吧？”

父亲微笑着看着我，回应我的想法。事实上，从渡过危机后我就一直在考虑，要将这个小伙子选作我的贴身将士。即使我们只相处了短短三个小时，在这之前，我甚至从没见过他。但是，他救了我的命，还有一身上好的十字弓技术。而且，他还特别聪明，有双漂亮的蓝眼睛，是英格兰的一个自由民……这些条件都太符合我的标准了，我无法再用言语表达激动的心情。

塞德里克看着芒乔伊主人，静静等待他的回答，而我的母亲也不停地打量着我俩。父亲开始缓缓地非常冷静地说话：

“不必这么着急，迪肯爵士，你还有很多关于骑士的训练。但是现在呢，塞德里克必须在芒乔伊呆上几个月，今天之后，卡尔顿的家伙们一定会来找他的麻烦。你一定要小心，随时注意保护自己。”

就这样，塞德里克在我们芒乔伊住了下来。第二天，传令官就去给森林人埃尔伯特传话，告诉他他儿子的英勇事迹，以及目前安全地居住在芒乔伊。

我迫不及待要教他剑术，他也是个特别好的学生。一个星期过去，他教会我很多十字弓的技巧，这些我以前听都没听过。尤其在一百步远的地方，能很好地迷惑敌人。紧接着，我们又在计划筹办一场聚会，在芒乔伊所有朋友的见证下，看塞德里克和老马文谁能争得第一。

国王派来的传令官从什鲁斯伯里带来了羊皮信，这是直接给我父亲的，上面盖有皇室的印章。父亲凑近大殿的火把旁，仔仔细细读完了。传令官被带到庭院喝了一杯葡萄酒，母亲和我都焦急地等着父亲，等他告诉我们信里究竟是什么内容。塞德里克坐到了远一些的角落，母亲告诉他，他的名字出现在了羊皮信上。

很显然，父亲对信里的内容有些难以抑制的气愤。他读下去的时候眉头逐渐皱紧，彷佛受到了欺骗。突然，他大声而愤怒地读出来，塞德里克也在旁边静静地听着：

给芒乔伊的主人、圣墓骑士罗伯特，来自英格兰国王诺曼底德·安茹·阿基坦·加斯科涅·亨利的问候：

卡尔顿、特拉莫尔的女主人、已故卡尔顿主人杰弗里的遗孀伊丽莎白，此时正在什鲁斯伯里的法庭上，她宣誓控诉你、你的小儿子理查德以及佩勒姆森林的自由民、艾尔伯特的儿子塞德里克，听说目前正在你的庇护下住在芒乔伊，控诉如下：

十月二十二日星期天，你的儿子理查德从领地离开，未经法律允许，强行在特拉莫尔森林里骑行，卡尔顿杰弗里和伊丽莎白的儿子莱昂内尔遇见了他，责令他离开，你的儿子理查德不服，因此袭击卡尔顿的莱昂内尔。当他们在搏斗的时候，作为芒乔伊理查德的仆人和帮凶——自由民塞德里克，竟然卑鄙无耻地隐蔽起来，用十字弓射杀了卡尔顿的莱昂内尔。卡尔顿的随从遵守法律，为了合法逮捕芒乔伊的理查德和自由民塞德里克，便追赶了他们。没想到他们竟然利用随身携带的武器负隅顽抗，前面提过的塞德里克竟然再次潜藏起来进行袭击，又杀死了卡尔顿的两名忠诚的家臣。然后和你的儿子理查德，逃回了芒乔伊城堡，现在已经被你包庇和保护了起来。

我郑重地命令你对卡尔顿的伊丽莎白家族，以及她所有的随从和家臣，停止暴力和争吵。你的家族、仆人和家臣都要懂得克制自己的脾气，不管什么时候都不能惹是生非。

所以现在，你应该知道我的想法，我希望你带着儿子理查德、自由民塞德里克以及一支不超过十名重甲兵的队伍，到什鲁斯伯里法庭进行申辩。以便在十一月二日星期二的上午十点，做出公平公正的审判。

经我本人签名盖章，十月三十一日

亨利（雷克斯）

听完信，我们所有人都陷入沉默，父亲皱着眉头来来回回地踱步，母亲焦虑地看着他。最后他终于停下来，转身对我们说：

“我们必须去什鲁斯伯里，这是国王的命令。芒乔伊毕竟是皇室的封臣，除此之外没有别的办法。你有什么想说的吗，理查德？在公开的法庭上，你能说出我们的心声吗？”

“我能，父亲。”我回答，“我会说出真相，我也不会惧怕加诸给我的惩罚。”

“还有你，塞德里克，”他把脸转向站在我前面的森林人，“你能够勇敢面对敌人吗？记住，我们去国王面前陈述事情的真相时，很有可能会遭遇失败。要是那样的话，我们的前路就会变得异常艰难。他可能会下令悄悄吊死你，如同惩罚一个小偷。我是不是应该给你一匹好马，背上十字弓，再揣

一些金币，让你能从卡尔顿的魔爪下逃走呢？或许我可以送你去约克郡我的表哥那里，他会把你保护起来，直到风声过去。”

“我的主人，”塞德里克大声回答，“在您的保护下确实能够救我的命。但是国王已经下令要您将我送去法庭，如果不照做，他一定会把愤怒加注在你们身上。我是不会逃走的。我一定要去什鲁斯伯里同你们一起进行申辩。”

“勇敢的回答！”父亲赞道，这样的回答我只听到过一次，就是当他以为自己的老战友在圣战中死去，自己却带着满身的伤痛扣开了城堡大门的时刻。此刻，他默默注视着塞德里克坚毅的脸，突然，疾步前去庭院，下令明日出发去什鲁斯伯里。

国王的法庭位于什鲁斯伯里，那里有很多领主、骑士以及重甲兵，还有不会为尊贵之人说情的书记员和律师团。这些人穿着长袍，带着法官帽。我脑海里的国王，他穿着代表这个国家的长袍，坐在主席台的正中位置，灰色的眼睛，目光冷峻，话语严肃。我感到有些害怕，只得一次又一次地暗示自己，这个法庭是公平公正的，我要为我们的所做所为进行辩驳。

我们进入大殿，这个念头不断在我心头盘绕，让我仔细地思考。尽管现在，我不只为自己感到害怕，也为身旁坐得笔直的塞德里克祈祷。当对我们第一段陈词开始时，我得到了父亲给我的暗示：原来大约三十年前，国王正年轻，从那时就认识温切斯特的伊丽莎白。那个时候，她还不是卡尔顿领主的未婚妻，而是整个王国里出名的楚楚动人又高贵无比的小姐，亨利国王和其他男人一样，都非常仰慕她。不管怎么样，现在就算知道这一切也太晚了，什么也做不了，反而增加了压力，只能静候事件发展，听传令官一字一句地宣读针对芒乔伊的理查德以及埃尔伯特的儿子塞德里克的陈词。

两个卡尔顿的重甲兵发誓他们是整场事件的见证人，说出的内容同他们的女主人伊丽莎白起诉书里如何杀掉莱昂内尔的内容一模一样。他们宣称，我见到莱昂内尔的第一眼，就拔剑逼他与自己分胜负，还说打到特别厉害的时候，我就让潜伏在丛林里的那个人，手持十字弓，一箭射死他们的主人。我可以想象到，从发生事故的那天起，整个卡尔顿每天都在编造这个谣言，并努力把它说成真的。他们为了向自己的领主表示忠诚，当国王询问的时候，竟然把谎话说得毫无压力。他们每个人，连自己都相信了事实就是这样，仿佛他们人人都亲眼所见。

我开始进行陈辩，我从那天在小路上偶遇莱昂内尔开始，一五一十地讲述了整个事件的经过。当然，包括莱昂内尔对我的侮辱性语言攻击，还有他隐藏在外套下面的锁子甲，他是做好准备故意来挑衅的。塞德里克，把背梁挺得直直的，睁着一双蓝眼睛看着国王，待我陈述完后他又陈述了一遍，内容几乎与我的差不多。

我们都讲完之后，国王坐在那里，眼睛一眨不眨地盯着塞得里克。大殿之上没有一个人说话，卡尔顿的伊丽莎白打破了肃静。她很高挑，一头银发，穿着一件黑色的丝质长袍，颇有女王居高临下的高贵气质。只见她缓缓地从座位上站起来，伸开双臂，对国王尖声说道：

"安茹的亨利，"她带着悲痛的声音，"温切斯特的伊丽莎白到了年老还得来承受悲伤，现在只求您可怜可怜她，帮她被谋杀的儿子报仇。"她还想说什么，可是脸上的泪水止不住一个劲地往下淌。声音哽咽了，整个大殿只剩下呜呜的哭泣声。

国王深深地看着满脸是泪的贵妇人，我的父亲从座位上站起来：

"并非谋杀，我的陛下，莱昂内尔是自作自受。"

国王转过来，目光沉重地看着他。

"芒乔伊，"他说，"卡尔顿在森林里被杀死的时刻你在吗？"

"没有，我的陛下。"

"你所知道的，不过是听你儿子描述他是如何与对手战斗的而已。"

"是的，陛下，已经足够清楚了。芒乔伊对敌人绝不会心慈手软，也绝

不会歪曲事实。”

国王不耐烦地大手一挥，父亲不得不坐下。然后，国王又一动不动，想了很久，也没有人敢去打扰他。他的眉头皱了起来，把头深深地埋进手掌里，我们芒乔伊，敌人卡尔顿，甚至大殿上所有的人，都在等着他的裁定。

最后，他终于缓缓抬起了头，开始说道：

“这件案子里，有些人在撒谎，有些人也该罪有应得。对于芒乔伊领主罗伯特的儿子理查德，我会给予皇室家族应有的宽恕，你由你的父亲带回城堡，剥夺爵士头衔，要重新受封才能再次拥有。”

“那边叫塞德里克的小恶棍，你会在明天黄昏的时候被吊死。尸体会挂在什鲁斯伯里的大门上，给像你这样的罪犯做个警告。”一些书记员和大臣开始叫道“国王万岁”，但是四周突然又安静了下来，因为我的父亲听到结果后从长凳上跳起来，用愤怒的声音朝君王吼道：

“不应该这样！陛下！看在圣墓上，不能是这样！”

国王一跃而起，将右手握住剑柄。

“芒乔伊！”他大叫，“不要忘记你自己的身份！当心你像卡尔顿一样人头落地！”

“上帝啊，我的陛下。”芒乔伊的领主迎着国王，用高昂而不谦卑的语气说道，“这位年轻人英勇神武，他不能被处以吊刑，而是应该受到赞扬！此时，我站在英格兰自由民的位置上，申请来场决斗裁判，这儿是我的手套！”

他撕裂了皮革的武士手套，冲到国王面前，跪在他的脚下。

大殿上所有的骑士和兵士，齐刷刷地深深吸了口气。有一个小小的低声喝彩响了起来，那是支持芒乔伊的朋友。国王的手松开了剑柄，面容缓和起来。

“你是对的，芒乔伊。”又把脸转向卡尔顿，问道，“你们派谁来接受这次挑战呢？”

骑士里出来一个中年男人，他站在卡尔顿女主人的身后，一副矮胖的身材，宽厚的嘴巴，丑陋无比，肩膀宽阔，手臂很长，几乎到达他的膝盖。他挨着红衣主教，看起来像只巨大的猿猴。

“我，菲利普，加斯科涅拿铁尔的骑士，卡尔顿女主人伊丽莎白的表兄。”他怒吼，“我作为她的护卫者和挑战者，接受这只手套！”

然后，他抓起手套，将它狠狠掷向空中，然后把剑抽离剑鞘，等手套落下，一剑刺穿，挑在他的剑尖上。

“那就这样吧。”国王说，“这场决斗证明着你们的输赢。菲利普·拿铁尔伯爵，按照你的意愿开条件，这场决斗必定公平公正。”

“就让他这样拿着剑，”拿铁尔伯爵一字一句地说，“如果他选择宽剑，我也不会介意。如果他放弃使用其他武器，那我也放弃。我相信，在上帝的旨意下，正义必定属于正义的一方。”

说完这些，他朝国王及其他骑士深深鞠了一躬，然后，松开了他绑剑的腰带，把剑高高地举向他的随从，得到随从们的一阵欢呼。

这时，我突然想起莱昂内尔的锁子甲，这让我激动不已。

“好吧，我的陛下。”我对国王说，“请派人先检查卡尔顿是否穿上了隐藏在外衣下的锁子甲。否则，这场决斗不会公平。”

芒乔伊的朋友们附和着说：

“好啊！话不假！请先检查一下吧！”

国王用庄严的皇室手势让人们安静了下来。

“莱斯特的休爵士，”他命令队列里一位上了年龄的骑士，“检查双方参加决斗的人，把决斗中不被允许使用的铠甲卸下来。”

与此同时，我的父亲将他的斗篷和腰带扔到一旁。他的剑比拿铁尔伯爵的稍重一些，于是去国王的武器中挑选了稍微轻一些的。休爵士过来，仔细拍打着两人的肩部、胸部及腰间，果然，菲利普爵士脸色通红的卸下穿在里面的锁子甲，人群里开始有些议论的声音。然后，休爵士向国王报告检查完毕，国王示意后，在大殿的中心，菲利普伯爵和芒乔伊的领主相隔十二步，面对面站着，等候着决斗的命令。

国王发出号令，传令官大声传令，双方立即交战。他们二人在这场致命的决斗中不停回旋。法国人快速转动身体，像一头冲锋的野兽，让我觉得头晕目眩。我的父亲不断调整身体，以便正面向着他。很明显，卡尔顿人是所有英格兰领主中最擅长进行防御的高手，他的剑又是挑又是刺，速度快得眼睛跟不上动作。我印象中，父亲是一位用剑高手，此刻却竭尽全力地进行防御，以免胸部受到伤害，根本无暇向他的敌人发起进攻。

过了半分钟，法国人对准芒乔伊领主的手臂刺了一剑，接着又要刺他的肩部。一分钟一分钟地过去，父亲奋力反抗，他嘴唇紧闭，眼睛紧紧地跟着敌人挥着剑的手。我想，如果拿铁尔爵士一直不停地又跳又跑，到最后他不一定会疲累，但一定会降低他刺剑的速度。这样一来，我父亲凭气力就可以赢得一个胜利的机会。但是，芒乔伊的领主已经受了两处伤，这样的战术不一定合适，所以这个想法转瞬即逝了。

事实上，我的心很受折磨。因为我意识到这场决斗的结果，对我们而言多么不公平。我的父亲——一个诚实的老好人，现在为了无辜的年轻人，正在用他的性命跟人决斗。这个拿着剑跳来跳去的法国人，就像是举着指挥棍的跳梁小丑，很有可能在我眼前杀死我的父亲。森林人塞德里克，他是无罪之身，却很可能被阴险的手段迫害，吊死在城门前。如果拿铁尔爵士最后赢了，我的父亲就会死在国王的脚边，我陈述的事实也不会被人们所相信，反而芒乔伊会成为众矢之的。我的眼睛看着前方，一眨不眨，这个想法让我不寒而栗。

现在决斗快要结束了，鲜血从我父亲的伤口里流出来，他的呼吸沉重而紧促。在敌人的攻击下，父亲艰难地移动，他看着猿猴一般的敌人，手中的剑仍旧刺得非常快，眼睛里充满了杀意。

面对这场绝望的、不公平的决斗，我的眼睛再也看不下去了。就在这时，我看见法国人的剑直朝父亲的胸口刺去。我悲哀地闭上眼睛，却听到周围所有的人都在感谢上帝！我又缓缓睁开眼睛，天哪，这最后的一剑，是我们芒乔伊获胜了！

在最后的一刻，拿铁尔伯爵完全没有防御，他以为他赢了，却被我父亲原地转了个身，调转剑的方向，剑狠狠刺入拿铁尔伯爵的身体。父亲扭转了战局，赢得了决斗！双方的挑战者都躺在了地板上，国王、骑士以及各位领主都冲了过去，给予应有的帮助。

拿铁尔伯爵的身体被刺穿了，他再也不能移动，也不能说话了。我的父亲也受伤严重，看起来像是半只脚都踏入了坟墓。血在他们身边，流得四处都是。他极度虚弱，却坚定地举起自己的手臂，宣告芒乔伊的胜利与正义。

十天以后，我们抬着胜利者回家。抬着的担架精美昂贵，是国王亲自赐予的礼物。我骑着马走在先锋的位置，从现在开始，我们再也不用害怕潜伏在森林中的敌人，我们一路欢歌笑语，同担架上枕着丝绵枕头的父亲说话。佩勒姆·沃德的塞德里克骑着卡尔顿的高头战马，穿着一套崭新的芒乔伊的紫金衣服，看起来威猛无比。

他极度虚弱，却坚定地举起自己的手臂，宣告芒乔伊的胜利与正义。

第五章　弓箭手的狂欢节

年轻的森林人塞德里克，现在是贴身跟着我的伙伴与战友，我们此时一起在米尔菲尔德的小道上散步。自从上次化解了芒乔伊的围攻战后，弓箭手老马文带着他头发花白的夫人住在这儿。他们在这儿有自己的农舍，还有大片的牧地和耕地。现在已经十二月了，初雪还没来临，晴朗的早上倾斜的山坡上已经覆满一层白霜，炊烟从森林深处袅袅升起，仿佛连空气都变得有食物的香甜味道，就像阿拉伯的商人从远方带来的那种甜蜜粉，让人心醉不已。

我俩闲逛了差不多一个小时，我是主人，他是随从，是十字弓箭手。关于射箭这项技艺，塞德里克的的高超技术常常让我目瞪口呆，说不出话来。他也才十六岁，但是在芒乔伊所有的兵士中，他的箭术得到了很高的威望。兵士们甚至说，把他们所有人的技术加起来，也赶不上塞德里克。

“塞德里克，”我喊道，“我估计老马文都不是你的对手，过去三十年他可是芒乔伊最好的弓箭手。”

塞德里克笑笑，摇了摇头。

“也许老马文仅仅只是在换箭的速度上稍微弱了一点。我的弓箭技巧都是我的父亲——佩勒姆·沃德的埃尔伯特教的。他经常告诉我，英格兰有一些擅于射长弓的人，技术比他还要好，比如生活在舍伍德森林的罗宾汉。不过芒乔伊马文的十字弓，确实也很厉害。你不是告诉过我，老马文在围攻战中，射中了卡尔顿的灰狼吗？要做成这件事，心中不仅要有射中目标的信心，眼睛也得足够好，还要有适宜的光线以及没有气流的空气等等，才能在那么远的距离射中敌人的喉咙。”

“同意！那就是你，塞德里克，你射中了年轻的莱昂内尔以及他两名穿着铠甲的走狗，就发生在六个星期前的这个森林里。我相信，你射出的箭根本不是单单凭运气那么简单的。”

塞德里克又笑了，趁他还没说话，我又开始说：

“我现在告诉你，我想要你成为我的贴身侍卫。事实上我想成为一个骑士，不仅是行为端庄，还想你常伴左右。你要穿上天鹅绒的衣服，而不是林肯森林里下等人的军服。告诉我，你会拿着弓为我防备身后，会举着大刀为我防备四周，对那些卑鄙的小人给予重重还击！在夜晚，我们还可以一起露宿森林或荒野，打来野兔和红松鸡下酒，或者去镇上的小酒馆里喝啤酒，和他们一样，把手指敲在桌上扣扣响。”

“真是不错的想法！”塞德里克感叹道，“把橡树叶子铺在空地上当床，旁边就是潺潺的小溪，只要不是太潮湿或太恶劣的天气，真比住在屋子里舒服多了。可是，刚才提到老马文——我真想跟他来一场弓箭比赛，我想和他一样优秀，绝非为了争夺什么荣誉。”

“太棒了！”我叫出来，“大家都等着这样一场好比赛呢。你和老马文，你们两个优秀的弓箭手比赛，一定非常精彩！我们会邀请所有芒乔伊的朋友，宰上一头公牛招待大家，不管是尊贵的还是普通的，来一场狂欢吧！从什鲁斯伯里的法庭回来后，卡尔顿莱昂内尔的事情好不容易尘埃落定，父亲的伤也快好得差不多了，芒乔伊完全有条件开展一场欢乐的盛会，我们应当纪念这一切！”

这时，老马文正在不远的地方砍柴，看见我们，他放下斧头过来迎接。

“树林里的早晨真美好啊，迪肯爵士。”他边说，边取下帽子向我敬礼，又对塞德里克点点头："有人想今天去捕鹿吗？"

"赞同！"我回答，满脑子里充盈的都是刚才的想法，"不管是你，还是塞德里克，只要在离你们一百步远的地方遇见鹿，明天我们都会有新鲜的鹿肉馅饼来饱餐一顿。我们刚才说什么来着？马文要和塞德里克比赛弓箭，是吗？噢，好马文，你知道他是我的新随从，他的箭上仿佛安了一双眼睛，射箭技术非常高明。整个芒乔伊，他就想和你比比。"

"同意！"马文一副兴奋的样子，"我早已听说他的技术非常好，年纪小小有这般技术真是不得了。二十年前，我在芒乔伊的马上比武大赛上夺了桂冠，如今，也有荣誉的奖励吧，您认为呢？"

"肯定！一定会有奖励的！"我喜气洋洋地答道。芒乔伊已经很多年没有举办过这样的大赛了。我的脑海里全是想象的比赛的盛况，"要是你们谁赢了，我就让我的父亲亲手赐予他芒乔伊最好的奶牛。你们觉得怎么样？马文，在你这样的小农场里，会需要这样的牲口吗？"

"太好了！"马文回答，他的眼睛同旁边的年轻人一样闪烁着光芒，"我的夫人昨天刚告诉我，我们正缺奶牛呢。"

"我也是。"塞德里克接过话，"要是我赢得了这样好的奖励，我就送给我的父亲。他在佩勒姆·沃德的农场里有一小块牧地，奶牛可以在那里尽情吃草。而且我家里的床上还有三个嗷嗷待哺的小家伙，他们也要喝牛奶。马文，我会竭尽全力同你争夺奖励的。"

"要是你赢了我，这些奖励就都是你的了，小伙子塞德里克。"老马文咧开嘴笑着，"记不清有多少年了，可从没有人能超过我。"

就在这时，我看见了父亲，芒乔伊的领主。他骑在马上，在什鲁斯伯里受的伤已经复原了，正在小山上指挥仆人砍柴。我向他摇摇手，他调转马头朝我们奔来。不一会儿，我们三个向他报告了关于射箭大赛的想法。其实绝大部分都是我在说，塞德里克和老马文几乎没有开口。芒乔伊的领主同意了，并且很快许下承诺，三天后，就在芒乔伊的土地上，举办这场射箭大赛。

虽然我如此渴望大赛，但还是留意到父亲在我说出奖励时颇有些迟疑。他从来没有将奶牛或马驹作为激励送给家臣，而且我知道，他同我们一样，也期盼一场公平公正的比赛。当我们对马文说出“好日子再见”之后，塞德里克和我分别骑在他两旁，一起穿过树林，走在回家的路上。果然，父亲对我说出了他的担忧。

“迪肯，在你这样的年纪有如此积极的思考，非常不错。可是你有没有想过，对你而言，组织这样的比赛可能很开心很快乐，但教你弓箭的老师可能会伤心难过呢。”

“怎么会呢？”我疑惑地问道，但是从话语中我隐隐约约猜到了他的意思。

“过去三十年，芒乔伊的弓箭手首领都是老马文。他现在年事已高，在我们的家园经历了太多的苦役和危难之事，现在才好不容易过上平静的生活。他的眼睛和双手虽然还是一样的灵巧，但是塞德里克有如此高超的射箭技艺，很有可能会超越老马文赢得最高的荣誉，如果这一切真的发生了，老马文一定会非常伤心。”

“噢，父亲！你肯定在开玩笑。马文又不是孩子，如果在这样公平公正的比赛中输了，怎么会悲伤呢？我保证这一幕不会出现。”

“是的，”父亲慢腾腾地说，“我们看不见这一幕，因为他会把这种悲伤的情绪深埋在心底。所以我觉得，可以让沃尔菲尔德的约翰和其他芒乔伊的箭手参与进来。这样老马文就算得了第二，也不算最糟糕的。而且，可以邀请我们所有的朋友都来参加这样公平公正的盛会，届时会是多么宏大的场面啊！约翰同你们一样，也是一个充满朝气的年轻人，他可一直都在练习箭术呢。”

说完这些，他蹬了蹬马，朝塞德里克微笑着点点头，往森林前方继续走去。

当天下午，通信兵从城堡出发，通知芒乔伊以外十英里的所有佃农和朋友都可以来参加盛会，而且准备了一头烤牛招待大家。

三天后，非常不错的黎明时分，离芒乔伊大门约半亩田远的紫衫篱大草甸上，我们举行了盛大的箭术比武大赛。佩勒姆、莱斯特的朋友都赶了过来，还有我母亲的家乡蒙特莫伦西的亲戚，也从考文垂赶了过来。还有自由民，芒乔伊属地上的自由民都来了，甚至是佩勒姆、莱斯特和曼勒雷庄园的所有农民、女仆和孩子，足足有两百多人。贵族们穿着灰色的袍子，被安排在左边的小土丘处，那里搭着台子，他们坐成一排。平民在草地上或站或走，相互之间打打闹闹，开着玩笑，非常高兴。然而，对我而言，我更希望看到精彩的射箭比赛。

许多芒乔伊的男人都背着十字弓，他们在以白色为中心的射靶边走来走去，这个射程是一百步。还有些人背着长弓以及森林人喜欢用的布包箭。塞德里克的父亲佩勒姆·沃德的埃尔伯特也来了，他在芒乔伊十字弓手们的面前，举着长弓高呼，表明他也想在这场比赛中获得殊荣。

父亲走过来，对这位佩勒姆的森林人表示了热烈的欢迎，并就弓箭大赛叮嘱了他几句。芒乔伊的两个小伙子每人射了五次，都射中靠近靶心三寸的位置。尤其是来自罗恩·葛兰奇的罗伯，他三次的分数都很高，因此特别高兴。埃尔伯特咧开嘴巴笑着，里面的牙齿都已经掉光了。眨眼之间，他也先后射出了五只箭，在他射完后，人群不由自主地爆发出欢呼声，尤其是罗伯的声音最高，因为埃尔伯特的每只箭都准确无误地直中白色靶心。

轮到老马文出场了，他将帽子托在手上，对芒乔伊领主飞快地说了几句，紧张得连呼吸都有些急促，这样的神情我以前从未见到过。

“我的主人，我认为应该给前来观赛的朋友们展示一场更加刺激的比

埃尔伯特咧开嘴巴笑着，里面的牙齿都已经掉光了。眨眼之间，他也先后射出了五只箭。

赛。除了那边固定的靶子，也可以有移动的目标。您认为二十年前我使用滚球的方法怎么样？今天可以开展这样有趣的运动吗？”

“好！好主意，好马文！”父亲叫出来，“在你们活动活动筋骨的时候，让年轻人去庭院搬些木板架起来做球槽。”

“我们有足够的滚球呢，让这帮小子开开眼界，给他们见识见识从未见过的高超技术吧！”

马文立刻转身而去，指导下人们如何摆出倾斜的木板球槽，以方便滚球能够灵活的滚动。从他眼里我看见闪烁的光芒，我的内心温暖无比。这位强健的老伙计，一定是苦思冥想，才想到用这个游戏来挽救他作为神箭手的名声。显然，不仅是我，父亲对马文的想法也感到很高兴，相信这种高难度的击箭方式只有他才能完成，因为对整个芒乔伊而言，就他会这个。毕竟，他比塞德里克有更多的战斗经验，一定会正中靶心的。

大家一起帮忙，球槽很快就搭好了。球槽的一端是箭道，离弓箭手有八十码的距离。另一端架高，离地四码，滚球被稳稳地嵌在凹槽内。他随手抛了一个球，球迅速从倾斜的球槽上滚下去，直冲草地，快得就像是一只正被猎狗追赶的兔子。要用十字弓射中这种速度的滚球，可不是孩子们随随便便能玩的游戏。而且我发誓，从两年前马文手把手教我，我一次都没能成功过。我想到这儿，笑了起来，塞德里克怕是赢不了了。

十字弓箭手们开始比赛了。先是老马文，他充满信心。可好运气没能光临，由于吹风，他的头两支箭都差了一寸，后面三支才正中目标。老弓箭手看起来有些可怜，他皱着眉，脸色不大好，这给塞德里克白白送了机会，虽然佩勒姆 · 沃德的长弓也非常厉害，可他在意的不是这个。

塞德里克迅速发了三支箭，箭箭正中靶心。可是跟着，他的手开始有些颤抖，我从他的眼神猜想，他一定受到了围观者的影响。果不其然，第四只箭才射中黑色圆环，第五支也偏离了中心两寸。

“你怎么了，小伙子？”他的父亲非常严厉地问道，“马文是因为风吹过来才没能射中，现在可是一丝风也没有。我认为在芒乔伊城堡里效力，比起做普通的森林人，吃得更饱，你射箭的技术也应该更好。”

“你是对的，父亲。”塞德里克笑着回答，“我或许是在铺满羊毛的软床上睡得太舒服了，竟然今天没法好好射箭了。换个日子，我或许能把自己的水平发挥出来。”

沃尔菲尔德的约翰正小心翼翼地朝靶心瞄准，所有人都仔细地盯着他，纷纷讨论在同样的射程里，他是不是能够打破五靶全中的记录。他有很多朋友也来了，围在他两边高声说着让他大展身手的词语。于是他信心倍增，显示出来的技能让我们感到吃惊，这让我隐隐有些担心。他的四支箭都射中了白心，第五支却射偏了。在瞄靶子射箭这个环节，他是赢家。看起来沃尔菲尔德的约翰是这场竞技赛的第三名，当然，也很有可能会夺冠。

接着，马文开始射滚球。所有的自由农围成了圈，以便近距离地观战。骑士和女士们都站起身来前倾，每个人都生怕错过这么有趣的射箭大赛。名副其实啊，马文不愧是芒乔伊这么多年的弓箭手领军，他确实拥有高超的射箭术，前四支箭都准确无误地插入靶心，第五支稍微偏离了一点点。他射完以后，年老的仆人和重甲兵都站起来高呼：“马文！马文！”一些人甚至开始四处奔走，说马文是今天的胜利者。在他的生命中，尤其是射滚球的技术，没有什么弓箭手能够超越他了。

又轮到塞德里克上场了。他走过来，看起来特别激动，但是又有些烦躁，毕竟今天运气不佳。他猛拉弓弦，调整武器，然后有点愤怒地发脾气：

“嘀！”他说，“我必须要换根新弦了。这根弦磨损得厉害，要不先让约翰来，我下一个比赛吧。我要打个结，把弦缠牢实些。”

没有谁反对，于是约翰先上场了。我父亲示了示意，有人把球装进球槽，径直往草地滚去。约翰的第一支箭射中了，第二支还没射入滚球时，旁边的

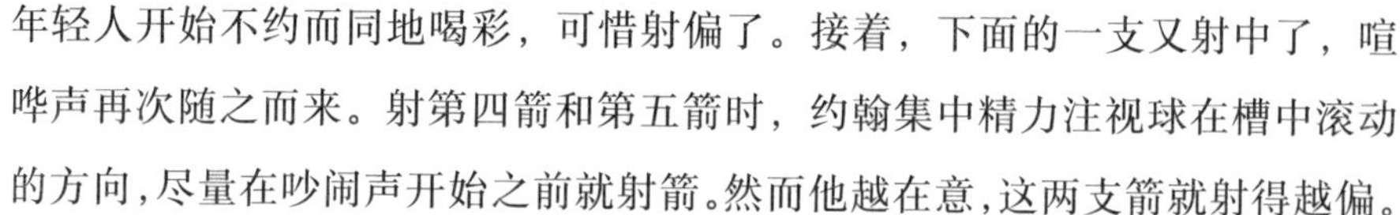

年轻人开始不约而同地喝彩，可惜射偏了。接着，下面的一支又射中了，喧哗声再次随之而来。射第四箭和第五箭时，约翰集中精力注视球在槽中滚动的方向，尽量在吵闹声开始之前就射箭。然而他越在意，这两支箭就射得越偏。

这时，整个草地齐声响起：“马文！马文！”当然，在塞德里克举箭对向球槽时，一些人也为他呐喊。因为这个在芒乔伊的年轻森林人，即使今天面对老领军，也没有胆怯，没有羞涩。第一个球刚接触草地的时候他拉动了弦。瞬间，球上就留下了箭的印记。但是接下来的两次，他却射偏了，后面两次又射中了。

这样一来，他的分数没法和马文持平。实际上，他和沃尔菲尔德的约翰分数一样，得了六分。而马文射中了三次靶心和四个滚球，比他们高一分。

在芒乔伊领主宣布马文夺冠后，年老的仆人们爆发出欢呼声，然后所有的人，包括我的父亲，都跟着欢呼了起来。两个强壮的自由农将马文抬到肩膀上，由他们带头，我们自觉地排成队列穿过草地，所有的男仆女仆大声喊着、跳着，欢声笑语一路不断。

庭院里已经摆好餐桌，上面堆满了丰盛的食物，包括面包、蛋糕、啤酒，以及约克郡的布丁。自由农在这里坐在一起，我父亲领着尊贵的客人坐到了城堡的大殿上。我们敞开肚子尽情享受了一个小时，席间听我兄弟讲了关于神箭手追逐野鹿的老传说。当然，更多的，还是人们对塞德里克、埃尔伯特、约翰及老马文的弓箭技术的津津乐道。

森林人塞德里克听见有人谈论他时，便礼貌地朝他们敬个礼。马文能成为第一名我非常高兴，可我也留意到塞德里克有些沮丧。他第一次射出五箭的时候发挥有点失常，只射中了三箭，没能很好地射中靶心。而且，他父亲的话似乎也对他造成很大的困扰。我坐到他旁边去，悄声安慰：

“今天不是你正常的发挥，塞德里克，但是没关系，以后还会有比赛，你总有一天会赢得头彩。”

我们自觉地排成队列穿过草地，所有的男仆女仆大声喊着、跳着，欢声笑语一路不断。

塞德里克转向我，微笑着。我觉得自己有点严肃，又说：

“这种射击滚球的比赛对你来说不公平，你才第一次参加呢。它只适合马文自己，确确实实在这个上面，他比其他人都优秀。”

“迪肯爵士，”塞德里克跟我一样地小声，“你能保守秘密吗？”

“那肯定的！”我回答，“你要告诉我什么？”

“我想给你看看我想要你知道的东西，不过你得保证不把看见的告诉任何人。”

“好！”我回答，“我发誓。”

“听着！”他小声说，“我现在就去紫衫篱大草甸，你几分钟后过来，别对任何人提及。”

说完这句，他就起身离开了桌子。我对他说的感到特别好奇，好不容易等了几分钟，就赶忙追了出去。我找到他，他背着十字弓，站在刚才的赛道上。

“你能帮我重新搭起刚才的球槽吗？”塞德里克说道，“帮我发滚球，我要再试试老马文刚才的这个游戏。”

我照着他说的做了，他的箭“嗖”地一声射了出去，稳稳当当射入正中心。

“太棒了！”我叫出来，“你同老马文一样棒！”

“拜托，再来一个球。”森林人说道。

于是我又滚出一个球，第二支箭也射得非常漂亮。第三，第四，第五，第六……每只箭都准确无误地射中滚球靶心，我整个人惊呆了。塞德里克看起来射得多么轻松，多么自如。我放下球槽朝他跑过去。

“塞德里克！”我叫起来，“这是什么意思？你的技术完全超越了马文！为什么今天不在这么多人面前展示你自己呢？”

塞德里克笑起来，这种发自内心的高兴，和三天前一模一样。

“嘘！”他说，“别太大声，否则会有人听见的。我是为了报答我的芒乔伊主人，他在什鲁斯伯里为了救我差点丢了命。他关心老马文，老马文值得在他生命里最后的这场比赛中获胜。所以我故意用了一根磨损过的弓弦，而且今天沃尔菲尔德的约翰也确实厉害，差点儿他就赢了。所以我让他在我前面射，这样才好控制我的箭。如果他再多射中一次滚球，他就和马文的分数持平，我就必须和他一样，这样的话，就会还有一次比赛的机会。如果再射一次，他很可能会超过马文，如果是这样，我就必须胜出，夺得第一名，毕竟他五支箭里只射中两支，太好超越了。不过现在老马文夺得了第一名，他也甘拜下风。”

听他这么说，我瞬间明白了一切，我很佩服塞德里克有这样善良宽阔的胸襟。

“我父亲肯定早就知道了。”我叫道，“他会给你同样的奖赏，你也会得到一头奶牛，你和马文都应该拥有，我们快去父亲的牛棚吧。”

塞德里克的脸立马拉了下来，连忙摆手。

“迪肯爵士，”他说得非常坚定，“你忘了刚才保证过不跟任何人讲吗？”

“为什么？你刚才的话提醒了我，塞德里克，这是真真正正属于你的荣誉，芒乔伊的领主应该知道的。”

但是塞德里克还是摇着头。

“我告诉您不是为了得到奖赏，而且，就我今天在赛场上的表现也不配得到。我只是听到刚才您认为我今天比赛输了，以为我很沮丧，特意来安慰我，鼓励我，我很感动。其实我想告诉你，我很开心，也很满足。”

我知道此刻，无论说什么都不能改变他的决定。于是我们慢慢踱步回到大殿，一路沉默。塞德里克几乎不说话，我也陷入了深深的思考。

庭院和大殿上，饕餮的狂欢大餐仍在继续。我想，如果我们英格兰人把吃喝一样的劲头，用到劳作和打仗上面，那就根本不用担心土地长不出粮食，也能打下更多的土地吧。我离开塞德里克，径直穿过大殿到我父亲在的地方。塞德里克的眼睛追随着我，很显然，他担心我告诉芒乔伊领主，今天的射箭大赛究竟谁才是真正的第一。我朝塞德里克做了一个鬼脸，示意他不用担心。

我凑近父亲的耳朵，悄声跟他说了一会儿。然后，父亲用他威严和友好的声音，盖过了所有的嘈杂和喧闹，塞德里克和其他人都能很清楚地听见他讲话：

"祝贺大家！做得非常好，迪肯。在我们的盛会上，除了第一名，其他英勇的弓箭手要是没一点奖赏，确实不太合适。比如塞德里克，他今天也表现得很不错。"

父亲说完站起身来，向众人宣布：

"嗬！所有的好朋友们！美丽的女士、可敬的骑士以及尊贵的先生们：我要到庭院那边去发表感慨，相信你们都会乐意聆听。"

跟着，父亲穿过大殿，所有的领主以及女士们紧紧跟着他，塞德里克和我走到最后。当我们等着人群穿过门道后，塞德里克小声地问我：

"你把一切都告诉了芒乔伊领主吗？"

我笑着回答他：

"别着急，好塞德里克，等会儿仔细听完再说吧。"

他想再问点儿什么，但是父亲的声音开始响彻在庭院里：

"芒乔伊城堡所有的朋友，你们都知道今天射箭大赛，我们的好马文夺得了桂冠。但是在我们的盛会上，并不是仅仅只有他能得到奖赏。十字弓是一个高贵的武器，英格兰的长弓也毫不逊色。我们今天也见识到了另外一些技艺很高却没能得到奖赏的弓箭手，比如佩勒姆的森林人埃尔伯特，他是现在住在芒乔伊的塞德里克的父亲。为了奖赏他的高超技艺，我赏赐他可以任意挑选芒乔伊的一头奶牛。还有沃尔菲尔德的约翰，我准备奖赏给他一只马文曾经非常想拥有的十字弓，毕竟他也在今天的赛场上表现得非常出色。”

“现在，让我们真诚地祝愿英格兰国王健康长寿！背上这些好弓箭，一起出发，去消灭英格兰的敌人吧！”

所以那天，当黄昏降临，森林人埃尔伯特在回佩勒姆·沃德的路上，喜气洋洋地牵了一头正在产奶的母牛，他为自己作为弓箭手赢得的荣誉感到非常骄傲和自豪。但是，如果他知道那天发生的全部，一定不会这么沾沾自喜，至少，对自己不会。

第六章　流亡民的首领格伦

一个春天的上午，我和塞德里克在出发去考文垂。我们在森林的道路上慢慢溜达，因为眼前的一切都特别美好：太阳在广袤的荒野上铺洒金光，天上大片大片的白云像极了西班牙的大帆船。鸟儿停歇在我们头上的小树枝上，唧唧啾啾地唱着动人的歌，就像是什鲁斯伯里教堂的唱诗班正在吟唱。路边开满了鲜花，蓝的、粉的、金的，星星点点，装扮着褐色的森林大地。这样的日子，不应当懒惰，更不能成天只做白日梦。因为在黑暗的山谷里也有寒冷的空气，更深处以及背阳的山坡上，还留着尚未来得及融化的积雪。

我们要行进三十英里去考文垂，问候蒙特默伦西的亲戚。芒乔伊忠实的弓箭手老威廉姆，跟我们一起，他是我们的向导和指导老师——这是我父亲芒乔伊领主坚持的，他形容我和塞德里克是“两匹跛脚的小野马”。

“我知道比赛背后的全部故事。”父亲说道，“塞德里克在十字弓上有惊人的技艺和射箭速度。包括你，迪肯，在剑术上也同样可以与许多骑士和战士媲美。你也有非常高超的技艺，或许当危险来临的时候，能够发挥巨大的威力。所以那天卡尔顿在特拉莫尔袭击你，你才有可能反败为胜。这一切不仅仅依赖眼睛和强壮的身体，还需要敏捷的身手，熟练的技艺。你去考文垂可以带着六十岁的威廉姆，他身手矫健，拥有丰富的战斗经验。你如果由于轻率陷入困境，他会帮你解围的。”

“别担心，父亲，”我叫道，“不管有没有威廉姆，遇到危险，我们都会全身而退。这么多日子以来，都没发生什么事，我们只是出去骑马玩玩，又不是去打架。”

“可不一定。”他慢悠悠地回答，“斯特朗姆吊死之后，有些亡命之徒一直在虎视眈眈地盯着咱们，这不免让人感到害怕。自从卡尔顿衰败以后，什么动静都没有，这就像老狼第一次发动围攻战前的情形，后来年轻的莱昂内尔也继承了这种风格来对付我们。他们现在没有领导者，只剩一位老寡妇和承袭父亲名字的十五岁小伙子，名叫杰弗里，他很有可能成为卡尔顿的新领主。或许应该趁着这几年，加固我们的城堡，训练我们的勇士，好抵御未来面对特拉莫尔不可避免的大战。不管怎么说，威廉姆跟着你去考文垂，一方面，你们不至于迷路；另一方面也可以避免一些毫无意义的争吵打斗。好好听他的话，安安全全地回家。”

所以现在，我们三个背着十字弓，我身旁还别着大马士革的剑，这是我最珍爱最骄傲的宝贝。另外，还带着皮袋，里面装着面包和肉干等食物。这时，一只红松鸡躲在路边的金雀花中间，被威廉姆发现，一箭射中，就把它也带上了。

晌午后一小时，我们在美丽的溪水边搭营，升起一堆火烤了这只鸡，我们吃得有滋有味。吃饱喝足后，火也烧得差不多了，于是我放开嗓了唱起了偷偷练习了多次的民歌。唱起歌来，我们每个人都觉得身心畅快。在塞德里克和威廉姆的强烈要求下，我又唱了一次。可是这次，当我再唱的时候，塞德里克给了我一个大大的惊喜。这个没被任何人教过唱歌的森林人，竟然用自己好听又高昂的嗓音唱出了完全相反的旋律来伴奏，威廉姆也被感染，和我们一起唱了起来，他的歌声带着一丝丝沙哑，充满了勇敢无畏的感觉。

颂歌响起在整个河谷，我们心情愉悦。正在这时，我向前一看，离我们营火五十步远的地方，突然出现了三个重甲兵，在这之前，却一丁点儿马蹄声也没有听见。

其中两个重甲兵的身形异常强壮，他们穿着锁子甲和棉布做的战袍。一个背弓箭，一个背标枪，还持有双手剑和匕首。在他们中间，是一个小孩，看起来比我俩的年龄小一点，穿着束腰的制服上衣，上面绣着白色的玫瑰，身旁别了一柄剑，上面镶嵌着金色的昂贵宝石。

威廉姆一把抓起放在旁边草丛里的十字弓，但是这些陌生人对我们不屑一顾，重甲兵只是毫无礼貌地往我们的方向瞥了一眼。不一会儿，他们就走远了，森林重新恢复了宁静。我们开始讨论他们是谁，想要做什么，但是都不知道他们的名字，以及从哪里来。我们现在所处的位置，离芒乔伊城堡约二十四英里，离曼德雷庄园约九英里。看起来，这个年轻人应该是要去拜访美丽的曼勒雷夫人，因为在他身旁护送的是曼勒雷夫人的两个家臣。

过去的陌生人，在我们唱起颂歌时表现出了敌对的情绪，影响了我们的心情。于是，我们解下拴在小树旁的马，冷静地骑上去，又开始自己的旅程。离开芒乔伊已经十天了，在森林的狭路上，我们只能慢慢地前行。此时的太阳已经从西边落下，云层很厚，重重地压在头顶。威廉姆催促我们快走，以免夜里下大雨无处躲避。所以我们加速前行，又唱起欢乐祥和的圣诞颂歌，给自己打气。

我们慢慢前行，毫无预料地又遇上他们。在森林的道路里，对待陌生人要小心，尤其在这天气不好的黑夜，也看不见一座友好的城堡可以借宿休息。如果陌生人也往考文垂走，那很不错，我们可以默默地跟着他们进城。如果他们分道扬镳去其他地方，彼此之间也毫无影响。

就这样安静地走了一英里左右，我们前方约半英里处，出现了一片沼泽地，经过仔细的观察后，发现只有通过它，才能继续前行。这三个陌生人，决定继续向前。他们小心翼翼地走着，一前一后抓着一截树干，骑士将剑柄伸出来，也相互拉拽着支撑。突然，一支箭“嗖”的一声飞过来，射中一个重甲兵的喉咙，他重重地摔倒在地上。

在这紧要关头，我看向塞德里克，他的应对方法往往很奏效。我们应当退回去躲避这些偷袭者吗？能够顺利逃离大森林吗？看起来偷袭我们的部队，比我们想象得更壮大，估计有上百的亡命之徒。如果我们继续前行，很有可能会成为下一个受害者。

威廉姆出于对我们的担心，大声喊起来，声音里难掩一丝恐惧。他竭力阻止我们前行，以免遭遇死亡。

“回来，主人！退回到他们看不见的地方！我们人数太少，装备不齐，很难直接迎战。如果继续向前，会遭遇他们的攻击，他们已经架好弓箭对准了我们的喉咙。”

我没说一个字，只是静静安抚胯下焦躁不安的坐骑。我看看塞德里克的脸，他在面对死亡时，没有丝毫恐惧和害怕。偷袭者对他来说就像是屠宰场里满口白沫的长牙野猪，他睥睨着他们，一脸傲气，我看着他的侧面，一直没有说话。

现在，塞德里克和我的马一起往前行进。我知道，我们一定会正面迎战。或许我的身体里继承的就是好战的本性，它早已无法按捺激动的情绪。我骑的是一匹漂亮的高头大马，有一半的阿拉伯血统，无人引领，我将马刺锥向它，而森林人塞德里克骑着从卡尔顿处缴获的战马，在崎岖的道路上走在我前面。他拿出十字弓，把箭扣在弦上，我也举起了武器，随时准备好迎战。老威廉姆也来到了我身边，他的十字弓也拿在手里，似乎忘了先前他朝我们吼过什么。

我们的马蹄噔噔地踏过草地，也许这样的冒险行为极其愚蠢，我的心脏突突地猛烈跳动，这种激动难耐的感觉在我生命里只出现过一两次。这时，我们接近了树林里刚才发生冲突的地方，我高吼一声：“为芒乔伊而战！”两个伙伴也跟着高吼，三人一起冲向不知底细的强盗。

我们与强盗开始了一场殊死搏斗。一位重甲兵死在地上，其他人在黑暗里没有目标地胡乱射箭。强盗的首领没有弓，只是握了一柄剑。他大声发号施令，特别引人注目。此刻穿着白色上衣的那位年轻人还没有受伤，他勇敢地冲向这个强盗首领，用他的金剑全力刺过去。

但是他的剑术毫无技巧可言，强盗扭身一击，男孩的手一松，剑就掉进了灌木丛里。强盗向前倾身，抓住了男孩的肩膀，把他拉下了马。

我们收住缰绳，停在五十码远的地方，三个人开始射箭。塞德里克和老威廉姆都去射强盗首领的爪牙，我因为担心男孩会被他抓住，就向他射箭。然后，干脆丢下弓箭，把剑抽出来握在手里，飞奔过去与他战斗。他把男孩丢到身后，一剑又一剑地朝我刺来。老实说，他剑术不错，而且他手中的剑明显是配给某位骑士或者身份尊贵的人的，这样好的剑术也远远超过我所知道的任何自由民。在西部这样厚重的黑暗云层下，我们的剑在交接的时候闪出火花。我整个儿的心思在他身上，完全无法顾及周围的打斗。

我骑在马上，他站在地上，灵活地左闪右躲，有效避开我的攻击。面对他的进攻，我也尽力避开。可是他的剑术与步伐确实快得令人咂舌，他同样也在阻碍着我。在尝试了两次进攻后，我的防御在这个又高又敏捷的敌人面前败下阵来。

我们打得难分胜负，我抓住机会猛地一刺，只觉得眼前一闪，他再次避开，并且藏到了树干后面，又一跳，往森林更深处去了。就这样跑跑藏藏，他很快消失在绿林里。

我被他快速地跳来闪去弄得头晕眼花，眼泪都快飚出来了。两个陌生的重甲兵倒在橡树叶子上，已经死了。他们周围横七竖八躺着五名强盗，是被他们的剑或我们的十字弓杀死的。塞德里克正搂着我们忠诚的老威廉姆的肩膀，他的胸口挨了一箭，眼睛已经紧闭，他也死了。

塞德里克悲伤地放下我们老家臣的身体，我在旁边为他灵魂的安息祷

他站在地上，灵活地左闪右躲，有效避开我的攻击。

告。做完祷告我站起来，看见陌生的男孩朝我跑来。他有一张可爱的脸，迷人的蓝色眼睛，卷卷的褐色头发。我正想给他表示友好的欢迎，森林深处传来的巨大号角声却把我们都给震住了。

塞德里克的脸立刻变得严肃起来，他急忙抓住我的手肘：

“快，理查德爵士！我们快离开，敌人的首领正在召集他的手下，他们很快就会来围剿我们，如果不赶快逃走，一定会被他们杀掉的。”

“快来！”我回答，一把抓住男孩的手，代替了欢迎。我协助他上马，再跃上自己的马，往小路的反方向跑去。塞德里克也一跃，急速跟我跑来。但是这个陌生的男孩动作要慢一点，面对这个急剧的变化，他明显有些混乱，还没反应过来。我赶忙牵住他的缰绳，以免他的马跑去其他方向。直到这时，他动作才灵活起来，在马鞍上坐好，拉紧了缰绳狂奔。可是却白白错失了绝佳的逃跑机会。现在我们陷在沼泽地里，从树林深处飞出成千上万只箭，要将我们置于死地。弓箭手虽然只有百步之遥，但是低矮茂密的树枝阻断了这些箭，我们也没怎么受伤。可是我的马却受惊了，它不安起来，把我颠到地上。一支箭射中了男孩的手臂，鲜血立刻流了下来。

“快！”塞德里克咆哮，“你俩快上来，我们快跑，否则会没命的！”

他倾下身子，一把拎起陌生男孩，把他放到自己前面，我则顺势抓住他的腰带上马，坐到后面。森林人猛烈地踢马刺，驱使着马。这匹马确实矫健，承载了我们三人，还能向前狂奔。

但是现在，天哪！强盗们在森林边缘，又一拨箭群在我们耳边呼啸而过，这个陌生男孩，颇有男子气概，他高吼着，用右手抽出别在身体一侧的剑，不停挥舞，想要挡开这些箭矢。他的夸张动作引起了森林里强盗的注意，左边的攻击明显开始增多。塞德里克抽出一只手抱着他，以免他跌落。还大声嘱咐我紧紧抓住他的腰。塞德里克近乎疯狂地踢马刺，不择方向，只要前面有路，就往那个方向飞奔。

眼看着大量的强盗从森林里跑出来，我们的马硬生生驮了三个人，哪怕只有一丝希望，我们都努力逃跑。而他们，则一心想追上并杀死我们。强盗们时跑时跃，仿佛在追逐一头雄鹿。身下的这匹马，矫健强壮，是我从来没见过的好马。可见，在这片开阔的荒原上，他们要想捉到我们，也不是件容易的事。

过了一会儿，我们就与强盗们们拉开了距离，箭程拉远，他们发射的箭不能伤害到我们。事实上，在拉开一定距离后，塞德里克就不得不放慢速度，毕竟道路崎岖，马儿不堪重负。四十五分钟后，我们重新进入一片森林，橡树下有条平滑的马道，强盗们竟然潜伏在这里，出人意料地向我们咆哮而来。

像先前一样，男孩依旧坐在最前面。他脸色暗沉，声音也低得如同得了一场重感冒。

“先生们，”他嗫嗫嚅嚅地说，“人终有一死，我已经受了很重的伤，你们还拼死救我，说不定得搭上性命。把我放下去吧，就在橡树叶子上，让我平静地死去。我也会为你们祈祷，你们将顺利逃走，不会受伤。”

“不会的，”我急忙大叫，“我们都会安全地逃走，我们全部！快看看后面，我们就快甩了他们了，再过四十五分钟，一定会将他们甩得远远的。”

“我快支撑不住了。”他断断续续地回答，“我流了很多血，需要好好休息。”他的脸上果然不见血色，蓝色的眼睛转了转，就闭了起来。他晕了过去，塞德里克没有松手，还是紧紧地抱住他，防止跌落下去。

塞德里克侧过头小声说：

“现在必须马上救他，否则我们就不是真正的男人。”

“当然！我们必须救他！”我回应，“但是现在我们能跑得掉吗？如果伤口没有包扎，一直流血，他也没有足够的时间休息，一定会死的。”

“现在有一个机会。”他轻轻地说，“我们来赌一把，看能不能成功。但是首先，要把自己置于危险之中，你愿意吗？要不我们试试？”

“我满心愿意。”我说，“是要去附近的山洞里躲躲吗？”

森林人没有回答，我们骑上斜坡，这里地面开阔，需要淌过一条浅溪。强盗们还在后面紧紧追着我们，我们甚至可以听到他们的呐喊，他们觉得信心百倍，一定会抓住我们。

路走到一半的时候，塞德里克突然把马头拉向了右边，偏离了道路。他让马在溪水的沙地和鹅卵石上奔跑，不一会儿转过了一个急转弯，从正面看刚好是个可以隐蔽的角落。此时，我们又听到强盗们兴致高昂地从不远的山上冲下来。塞德里克拉紧缰绳，浅滩处水花四溅，他们的脚步声紧锣密鼓地传过来。要是他们到达溪床，就在可以攻击我们的射程之内了。这里是一片开阔的林间地带，直接上去是面向北方的怪石嶙峋的高山。

“你认识这个地方吗？”我问塞德里克。

“是的，”他简短地回答，“这个地方之所以出名是因为狼的首领格伦。”

我们进入茂密的树林中，他不时拉拽战马，尽量让大树枝不至于划伤前面的男孩。我们又走到了溪床边，这里的树更加茂密，树下的草丛越来越稀少。沿着小路走了大约一英里，突然，森林人拽紧缰绳，小心地巡视四周。然后他跳下马来，留我在马上搂住受伤的男孩，然后一个人去探岩石堆，拨开一丛丛的小树苗和灌木丛。他用手和膝盖支撑，匍匐前进，身影渐渐消失在漆黑的夜里。

很快，他就回来了，脸上充满笑容和希望，“太好了，”他说：“我们可以救他了。这儿有一个安全的场所可以藏身，幸亏刚才没有错过这个地儿。”

他把男孩接下马，我们架着他走上斜坡，穿过狭窄的、多刺的小路，看到不远处有一个小山洞，里面的空间很大，可以容纳六个人躺在铺满树叶的地上，但是不高，站不直。我们的嘴唇全被树枝和荆棘割破了，如果敌人经过，这儿离道路仅仅只有二十步，确实有些危险，这一点毋庸置疑。

我们将小男孩放到树叶上。可怜的孩子脸色苍白，双手冰凉。我甚至怀疑是不是太迟了，他的灵魂已经远去。塞德里克扒开男孩的衣服，将耳朵紧紧贴在他的胸口上，然后，塞德里克坐起来，不住地点头：

“他还活着，我们还能对他施救。先给他缠紧绑带，然后拔出箭头，帮他止血。”我急忙脱下自己的亚麻衣服，塞德里克撕成条状，在伤口处一圈圈缠紧。我颤抖着抓住他的身体，塞德里克迅速又麻利地拔下箭头，这个可怜的男孩发出痛苦的闷哼，眼睛张开，又迅速地合上了。鲜血喷了出来。森林人包扎伤口迅速有序，替男孩缠绷带，缠了一圈又一圈，然后小心地扶着他的肩膀。我们用塞德里克随身携带的铁壶，往他的脸上洒了些水。很快，他的眼睛睁开了，还要喝水。

这个男孩水喝够了之后，才认出我们。塞德里克举着十字弓，到狭缝处观察，看看强盗是否还在追我们。确定后又迅速回来，还牵来了马，他悄悄带着它去饮了些溪水，走得很小心，以免敌人听见声音。

一个小时后，我们给男孩又重新包扎了一次，还用了些水源边和石头缝里生长的可以疗伤的植物，磨烂了敷在他的伤口上。男孩很快就又睡着了，严重的创伤让他咿咿呀呀地说着胡话，这让我们有些焦躁，不过毕竟是濒临死亡的人，他受伤至此也无法避免这样。

这个夜晚，塞德里克和我一起守夜，我们坐着的时候也保持弓箭不离手。天上的星星非常明亮，可是没有月亮，也没有一丝风。我们的谈话声很低，害怕附近的敌人听见。这个时候，他悄悄告诉我关于格伦的名字的由来以及他本人的故事。听起来是个老实的自由民，约瑟是温德尔家族的后裔。在幼年时，约瑟和塞德里克的父亲就是朋友。有一次，因为一点儿小误会与地方官起了冲突，约瑟替塞德里克的父亲挡了一剑，救了他的性命。跟着，约瑟 · 温德尔就逃往森林深处，成为了逃亡者的首领。从这之后，约瑟的名字就成为了流亡平民的代名词。有人开始不断地杀他的部下，

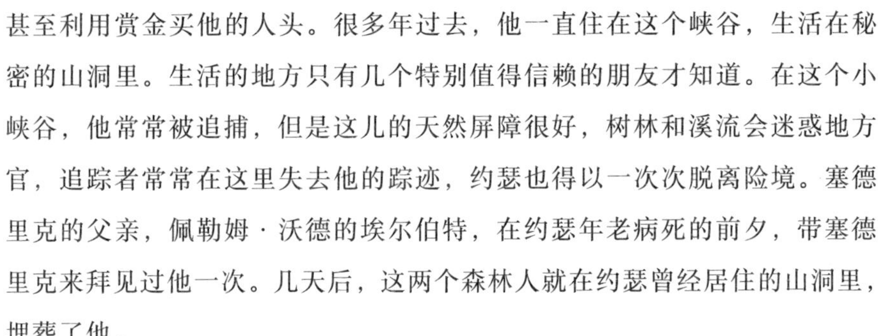

甚至利用赏金买他的人头。很多年过去，他一直住在这个峡谷，生活在秘密的山洞里。生活的地方只有几个特别值得信赖的朋友才知道。在这个小峡谷，他常常被追捕，但是这儿的天然屏障很好，树林和溪流会迷惑地方官，追踪者常常在这里失去他的踪迹，约瑟也得以一次次脱离险境。塞德里克的父亲，佩勒姆·沃德的埃尔伯特，在约瑟年老病死的前夕，带塞德里克来拜见过他一次。几天后，这两个森林人就在约瑟曾经居住的山洞里，埋葬了他。

黎明破晓的时候，塞德里克仍然坐着观察四周，五十步外一只野兔跳过灌木丛的时候，他举起十字弓解决了它。于是，我们小心翼翼，在山洞里升起一堆小火，烤了兔子作早餐。毕竟，我们从前一天的中午开始，就没吃任何东西了，所以这顿兔肉让我们觉得美味无比。我们把男孩扶起来，给他也喂了一些，他努力试着咀嚼，但是特别吃力，根本吃不下去。塞德里克的脸变得沉重起来，他把手放在小男孩的脸颊和脖子上，眉头开始紧皱，这让我感到无比紧张。受重伤的男孩的脸，此时没有了苍白色，取而代之是满颊红潮，是的，他正在发高烧。

“迪肯爵士，”塞德里克叫出来，“我们必须要把他抬走，动作要快，这儿有蚂蝗会咬到他，他正在发烧，伤口极易感染。”

“还有其他路可以逃离森林，不被强盗发现吗？”我问道，“如果可以，我们就能直接到达曼德雷山庄。”

“峡谷里有条陡峭的小道能通到威尔顿路，如果我们找得到，就有两条路可以去曼德雷。”

“那么立刻出发吧！赌一把，我们不会再遇上强盗了。他们从昨天开始，一会儿集中，一会儿散开，像打游击一样，肯定也疲累了。我们的好马儿一定会把我们安全地驮到曼德雷，就是需要一个小时。”

塞德里克从密林深处牵出骏马，我们轻轻地抬起男孩，骑上马，一起往森林外逃去。现在，我骑在马鞍上，好好扶着小男孩，塞德里克坐在最后，手里举着扣上弦的十字弓。

一路上，我们没遇见什么人，很快就出了丛林。四十五分钟后，我们沿着道路往曼德雷方向奔去。就在这时，男孩的身体从我的手臂间慢慢往下滑，伤口处不断往外渗血，他又一次昏了过去。

我拉住缰绳，跳下马，把男孩放在小溪旁的树叶上，在这个万分紧张的时刻，我们跪在他旁边，不断往他的额头上浇凉水，他的心跳时不时很微弱，更让人害怕的是，他的眼睛没有再睁开。

就在此刻，路上传来一阵铁蹄的声音，一个男人粗鲁的嗓音在耳边响起，只听他大声呵斥：

“站住！你们在这儿干什么？感谢女主人，是芒乔伊的小子们！”

眨眼间，全副武装的重甲兵迅速从四面八方包抄了我们，我的心剧烈跳动，因为我认出他们穿着的正是卡尔顿的制服。而此刻，我们再没有力气反抗或是逃走了。六个重甲兵跳下马来冲向我们，我们还来不及还手就被按翻在地，武器也全部被夺走。跟着，他们对待我和塞德里克如同对待可耻的小偷一样，把我俩的手反绑起来，就像要被送上绞刑台接受惩罚一样。

“哈！看这儿！”领头人叫道，这个人正是在什鲁斯伯里懦弱得像条虫子的那个人，“六个月前你们不是杀死了莱昂内尔爵士吗？年轻的理查德爵士和森林人，现在轮到你们偿还血债了！看看你们犯下的罪孽吧，还有什么好说的？此时正是我们报仇的大好时机啊！”

“赞同！赞同！赶快吊死他们吧！”其他人附和。

“卡尔顿人，”我被压在地上，不得动弹，“我们不是谋杀者，如果你们一定要杀了我们，至少放过身边这名垂死的勇士。我是尊贵的城堡继承者，不会向任何卡尔顿人投降，我的搭档是一个英格兰的自由民，他的名字也没有污点，你们不能向对待小偷一样屈辱地对待我们！”

眨眼间，全副武装的重甲兵迅速从四面八方包抄了我们。

“嗬！”领头人讥笑道，“芒乔伊年轻的小崽子们，现在可被关进羊圈啦！让我们看看，佩勒姆的小混蛋这下还能逃到哪里去？快啊，男人们，拉拢马头，我们要做点让人悲伤的事情了！”

一瞬间，围绕着我的清新深绿的丛林和悠远湛蓝的天空，仿佛全都变成了黑色。我的耳边充斥嘶吼的声音，就像小时候，有一天我失足滑落水里，被吸入一个漩涡，强烈的窒息感让我不能呼吸，难受极了。突然，像是午夜惊雷一般，我听到一个昏昏沉沉的声音：

“噢，休伯特！你为什么在这儿？你对我的朋友们做了什么？为什么他们倒在地上手被反捆着？”

陌生的男孩在铺满树叶的地上坐起来，他的脸仍然如死灰一般，但是眼睛闪闪发亮。

“感谢我们的女主人！他还活着！”重甲兵领头人喃喃自语地说，然而，当我看见他对受重伤的男孩行脱帽礼的时候，我彻底震惊了。他回答道：

“杰弗里主人，感谢上帝！他们没能杀死您！这是芒乔伊的理查德爵士和森林人塞德里克，他们正是杀害您哥哥莱昂内尔的凶手。现在，我们要把他们吊死在橡树上，您会亲眼看见我们怎样处决这些敌人。”

“休伯特，你不能这样做，你这辈子都不可以！”杰弗里叫出来，微弱的声音非常激动，“就算他们是芒乔伊人，就算他们是魔鬼的儿子，他们也是真正的好人，他们一次又一次地舍命救我。发生在什鲁斯伯里的一切我都清清楚楚，我知道自己的兄长罪有应得……现在，听我命令，解开绑着他们的绳索，快！”

这个士兵犹豫着，支支吾吾，呼吸沉重。

“我告诉你，休伯特，”杰弗里又重申，“你快给他们松绑，把马也还给他们，让他们安全地回到芒乔伊。如果你胆敢违抗我的命令，我会赐你鞭刑，把你关进特拉莫尔最下层的地牢里。”

休伯特旁边的一名重甲兵说：

“他可是主人，休伯特。别忘了，我们必须无条件服从他的命令。莱昂内尔死后，年幼的杰弗里爵士是卡尔顿的主人。”

休伯特拔出匕首走向我，他丑陋的脸上浮现出的表情让我无法揣测，他究竟是想服从主人的命令，还是要狠狠地将匕首刺入我的心脏。他一刀下去，割断了绳索，我的手腕被松开了，他又过去把塞德里克的手腕也松开了。

我和塞德里克站在一起，举起弓箭对准了年轻的卡尔顿主人。

“杰弗里爵士，”我一字一句地说，“你的家族和我的家族是世代敌人，但是我仍然很愿意把你唤作我的朋友，你也愿意击掌盟誓吗？”

听到这个回答，他灰扑扑的脸变得明亮起来，取而代之的是无比灿烂的微笑，他向我伸出代表友谊的右手，发自心底地向我们击掌盟誓，并且称我们为勇敢的施救者和忠实的战友。然后，他又对着我说：

“芒乔伊的理查德爵士，牵走休伯特手里的马吧，那是属于你们的。这匹好马带领我们逃出森林，勇敢的朋友们带着快要死去的我，脱下长袍为我包扎伤口，把我带回这里，我感到自己的身体在慢慢复原。我的朋友，告诉芒乔伊的主人，您的父亲，我宣布从我父亲和兄长那里引发的仇恨，到我这儿都会化为坚定的友谊！说出这些，我感到非常愉快，因为我不用再继续说谎了，芒乔伊主人、你还有塞德里克，欢迎你们随时来这里探望我。相信我，这些话都出自我的内心，你们会安全到家，上帝与你们同在！”

我们兴高采烈地调转马头，往家的方向走去。当我们离开的时候，都回头看了看面色依然苍白的小男孩。他半卧在树叶上，神情自若。看起来他已经脱离了死亡的魔爪，我们内心都感到无比欣慰，也很高兴他不再是一个陌生人，或是敌人。他又朝我们笑起来，对我们做着上帝保佑的手势。

第七章　布莱克浦尔的强盗

从我们在布莱克浦尔的森林边界上遭受袭击算起，已经过去整整两个星期了。当时，我和塞德里克都不知道，在那里挽救的是年轻的卡尔顿杰弗里爵士的性命，他是我们世代交恶的城堡继承者。现在，我的父亲、我，还有我忠实的战友与随从塞德里克，我们三人骑着马，带着六名身强力壮的重甲兵，往曼勒雷的路上走去。此刻我们的新朋友，杰弗里爵士，他已经从重伤中康复了。

芒乔伊主人带着头盔，穿着锁子甲，身体两侧别着双手剑。塞德里克同我都穿着连袖衬衫，随从们穿着轻盈的皮夹克。塞德里克背着十字弓，因为他是一个神箭手。而我带着大马士革钢铁铸剑，这是父亲在圣地上从撒拉逊人那里夺来的。我们组成了一只庞大的队伍，走在森林的道路上，这里有冒失的流民组成的强盗队伍，他们有弓箭等各种武器，所以要严加提防。

但是一路上，我们都没有遇上敌人。两点钟的时候，我们穿越友好的邻居——曼勒雷女主人的吊桥。她的后代出生了，邀请我们去府上做客，并以宫廷的正式礼仪接待我们。杰弗里也在这里，他斜靠在火炉旁尊贵的椅子上，一看见我们进来，赶忙起身迎接。他的脸上挂着灿烂的笑容，伤口恢复得很好，我们通过传令官报的信已经多多少少了解了。但是卡尔顿的小主人脸上依然缺乏血色，显得有些苍白。所以他的位置被贴心地安排在于他方便之处。他向我的父亲——芒乔伊的主人挥挥手，嘴里说着发自内心的欢迎话语，脸上也是可爱的笑容。我非常开心，因为我看见父亲对他也是关怀有加。看在杰弗里的份上，我们甚至已经忘了卡尔顿老主人灰狼曾经的所做所为。

杰弗里再次坐下后，我们在他旁边也坐了下来。曼德雷的女主人用精致可口的蛋糕和热葡萄酒作招待，并亲手端来，这种礼节只有尊贵的客人才能享有。谈了差不多一个小时的愉快时间里，卡尔顿的杰弗里不断向我父亲提出问题，基本上都是关于圣墓的重建，父亲也乐意回答。塞德里克和我同样听得专心，也时不时提问。提及弓箭手盛会的时候，杰弗里听我说起老马文和塞德里克不相上下的高超十字弓技艺，惊讶得睁大了眼睛。渐渐地，我们又聊到塞德里克、我还有可怜的老威廉姆斯在布莱克浦尔遇见强盗的事，回忆起在森林的战斗。强盗杀死了两名家臣，差点让杰弗里也成为俘虏，他们攻击他，杰弗里伤口严重，不住地流血，还有我们三人没命地逃亡……

我们三个年轻人把整段经历描述完之后，又反反复复聊起其中的细节。聊到最危险的时刻，我们甚至一同叫出声来。停了一会儿，杰弗里转向我说道：

“理查德爵士，我第一次在火堆旁看见你和塞德里克时，你唱的那首歌是什么？太好听了，你能再唱一次吗？我特别想再听听。”

当然，没什么好犹豫的，我望向房梁处开始歌唱。塞德里克，很快用他柔美的旋律来回应，给这支悲伤的歌曲注入了一抹优雅。曼勒雷的大殿回声空响，仿佛置身于林间的空地。曼勒雷的女主人再次来到大殿的门口，身后跟着六个男女仆人，他们不敢前进，怕打扰了美妙的歌声。等唱完了，杰弗里和其他人都高吼着：“再来一遍！”这首乐曲激动人心，第二次唱的时候，父亲加入了我们，跟着杰弗里也加了进来。到最后快结束时，所有人都唱了起来。大家都振奋不已，仿佛一剂草药抚慰人心。以后，可能再没有那样的

日子了，因为杰弗里坚定地说，他要外出周游了，要去感受各地的风土人情。

我们的听者离开的时候，嘴里都哼着这支歌。突然，芒乔伊的主人严肃地说道：

“你说什么？杰弗里爵士，我没听错吧？如今这个混乱的世道，你不坐在漂亮的壁炉旁唱唱歌，聊聊天，反而要外出周游，感受各地的风土人情？我已经迫不及待地要去惩罚在森林里的那群贪婪的强盗，竟敢抢夺财物，袭击你们，还差点杀了你们！在这样的道路上行走，甚至连牙齿都要武装起来，外出时必须带上足够的能够战斗的人手才可以。我算了算，要突破那些强盗的包围圈，你的身后必须得跟着不少于一百四十个弓箭兵。明天我要接受佩勒姆主人的帮助，他向我提供了二十个神弓手，现在招待我们的热情女主人，也毫不犹豫地提供了不少重甲兵和森林人，很快我们将前往格里姆斯比的邓伍迪那里，集合成为大部队，全面围攻布莱克浦尔。这会是一场艰苦的战役，但是经过推算，至少能消灭五十个强盗。”

听完这段话，年轻的卡尔顿主人眼睛闪了又闪，发出热切的光芒。他几乎不等我父亲说完就吼出来：

“噢，友好的芒乔伊！我的朋友——如果你们的的确确是我的朋友，才几个月我们就成为好盟友——或许才短短的几个星期——让我参与吧！那帮歹徒的首领，我现在知道他叫蒙克斯莱尔，我要用我们卡尔顿的力量，让他血债血偿！他杀害了我两名忠实的仆人，也差点让我变成人质，利用我要挟高额的赎金。要不是他差点要了我的命，我也不会认识此刻在这儿的理查德爵士和塞德里克，还有为我献出生命的芒乔伊老弓箭手。给我两个月的时间，待我身体复原，并且利用这段时间好好训练战士们，我会跟你一起猎捕这群亡命之徒，到时候他要面对卡尔顿和特拉莫尔的战争，因为我们会派出四十个重甲兵以及一百六十个弓箭手，所以现在还得做些准备工作。”

我的父亲看着这位新朋友，他的脸上有着炽热的渴求。毫无疑问，面对这样坦诚的他我很喜欢，虽然他的这个设想显得有些轻率。接着，他转向我和塞德里克，带着可爱甜美的笑容，等着我们的同意。芒乔伊主人说道：

“哦，小伙子，那是你的战场，杰弗里爵士应该亲兵率领。你刚才说什么？难道要我们等到秋天才跟他玩游戏吗？在我看来，显而易见，这场艰难的对决会在你说的那个时间前就会结束，因为到那时，他已经再也无法骑马或打斗了。”

“噢，让我们等等，父亲！”我叫道，“杰弗里爵士有权利说是卡尔顿的战斗，这是给所有领主展示芒乔伊和卡尔顿联盟的机会，尤其是在这么多年的敌对境况之后。到时杰弗里爵士可以带着弓箭教训这帮得黑死病的坏蛋。”

塞德里克没有说话，却在听我说的过程中一直不住地点头。所以我们达成协议，夏天过完之后，我们就对这帮强盗进行围剿。因为那时，树叶都掉光了，森林里不好进行隐蔽，我们的武装面对他们左闪右躲的战术更有攻击性。到时，所有的领主联合起来，一定会给森林里的这些歹徒们有力的打击。

一个星期后，杰弗里爵士在卡尔顿的重甲兵护送下回到特拉莫尔城堡。十天之后，塞德里克和我骑马到那里与他订立盟约，并且讨论日后作战的计划。杰弗里爵士给予我们最为隆重的欢迎，我们在乡下的卡尔顿大殿度过了非常开心的一天，塞德里克有着男子汉不计前嫌的胸襟，竭尽所能地教杰弗里和我一些十字弓的技能。

当我掌握这件武器的时候，我总担心塞德里克和老马文如此细心地教我，自己要是做不好，那多难堪，所以我从来没在他们面前真正射过靶子。可是，在塞德里克积极的鼓励下，杰弗里爵士练习了起来。半个小时后，他就能在五十步开外的地方，射中塞德里克设置的目标两次。塞德里克预言，不日他就能成为优秀的神箭手，在这之前，他还只能使用刀剑，这让我陷入深深的思考。杰弗里年纪小一些，相处时间也不长，但我和塞德里克已经相处了半年了，从某种程度上说，我的技术应该更好。但是我的小臂肌肉不够

发达，所以我只用剑。显而易见，我们三人中，我用剑的技术是最好的。想到这里，我稍稍得到些安慰，至少我还能用剑证明自己并没那么糟糕。

回去之后，塞德里克、我，还有我的父亲母亲坐在一起。我们讲述了这些天在卡尔顿都做了些什么。而且，我已经开始计划筹备一场欢宴，邀请卡尔顿、芒乔伊、佩勒姆以及曼勒雷所有的朋友，到芒乔伊或特拉莫尔聚会，好好地吃顿大餐，跳跳舞。

突然，我的母亲打断了谈话，头脑清醒地问了一个问题：

“卡尔顿的女主人——杰弗里的母亲——她今天也向你们表示了热烈的欢迎吗？”

这个问题立刻给我浇了一盆冷水，这是个不能回避的问题。

“没有，母亲，我们一直没有见到她，只是经过吊桥的时候，瞥见了她站在窗口的身影。”

“哦，那看起来她并没有外出。”

“没有，她呆在自己的房间里，可能生病了。”

“杰弗里爵士说了原因吗？”

我的脸，如同心里的感受，变得火热，我回答：

“没有，他没有提起她。”

芒乔伊女主人看看我的父亲，他也在仔细地听着：

“看起来，我的主人，我们还不应当那么快去拜访特拉莫尔。”

我的父亲难过地摇摇头，看着他面前的地板。他本一片热情，想在杰弗里康复之日拉拢两家的关系，但是现在看起来一切都是泡影。

“或许在杰弗里爵士达成盟约后几个星期，卡尔顿女主人会和他一起来拜访芒乔伊。”

我父亲又摇摇头：

“或许她会，迪肯。如果真是这样的话，她一定会伸出右手向你们表示欢迎，但是我还是有些担心。所有人都在提醒，她并不会把我们真正地称为朋友。我们芒乔伊毕竟杀死了她的丈夫和长子，尽管每个人都明白实情，但是她发过毒誓，也动用了武力，那是真正的搏斗。到最后，他们尝到了罪有应得的下场。我们无法期望她信任我们的言语和行为，毕竟，她曾经还编造过谎言。我看还是算了吧，她永远也不会是芒乔伊真正的朋友。”

他深深地叹了口气，又像座雕塑般静坐在那里。我们中没有一个人再说话，这感觉就像是初春时分来自西海的冷雾，冰冷地冲击着我们的头脑。

四天后，杰弗里爵士由装备精良的一群随从护送，来到了芒乔伊，他的女主人母亲果然没有跟他一起来。而且，他还是没有提及她。我们尽可能向这位年轻的卡尔顿继承者表示热烈的欢迎，用上等的好肉好酒招待他。吃过后，我们来到训练场，他运用十字弓的技术比上次更好了，一点都看不出来是个初学者。但是，他在芒乔伊的的快乐明显不及在特拉莫尔。内心有了隔阂，我们仿佛在刻意营造欢乐，反而越做越糟。杰弗里爵士也隐隐约约感受到了，离太阳下山还有三个小时，他就早早地骑马回去了。

直到夏天过完，我们也没有再去特拉莫尔，杰弗里爵士也没再来芒乔伊。不过有次，他在去拜访曼勒雷女主人的时候，我和塞德里克碰巧在那天向女主人表达敬意，所以在曼勒雷遇上了。我们那天关于组建围剿强盗的队伍这个话题有了愉快的谈话，毕竟出征的日子一天天临近。但是关于卡尔顿女主人和芒乔伊之间新建的和平事宜，双方仍旧只字未提。

十月的一天来临了，这个天气不错的日子却让我想起了去年让人心惊的事情，当时我在特拉莫尔的森林里遇见了卡尔顿的莱昂内尔。芒乔伊的男人们一早就起来吵吵闹闹了，六十个精壮的重甲兵、十字弓手以及举着长弓和长矛的森林人，开始向布莱克浦尔森林前进。我们的左边，是两弗朗长的队伍，由佩勒姆主人领头带着他的弓箭手。右边，是二十名曼勒雷家臣，还有五十名邓伍迪的自由民。三列队伍在森林的道路上同时行进。我们知道，年轻的杰弗里爵士和表情阴沉的老休伯特带领近两百名卡尔顿重甲兵及一百多名弓箭手从他们的方向，也在积极赶来。我们的队伍浩浩荡荡，向着可怕的布莱克浦尔森林中心前进。所有隐匿在林中的强盗都会被抓捕或杀死，我们会进行大面积武力镇压，面对猎捕强盗首领，会用号角发出三声长鸣来通知彼此。我们的计划只有领导者知道，所以直到这天早上才通知各位，以确保消息不被走漏，防止这些家伙逃跑。

我们的队伍前进得非常缓慢，因为有太多的阻碍物：峡谷里四处岩石嶙峋，道路变得崎岖不已。我们一旦发现潜藏在森林里的强盗，就马上把他抓起来，如果他反抗，就就地处决。但是，我们大部队毕竟过于缓慢，眼睁睁看着几条漏网之鱼从我们面前逃跑了。

太阳当空的时候，从右边邓伍迪的方向，远远地传来三声长长的号角声。父亲和我立刻率领一半的人力朝号角的方向奔去，其余人手交由弓箭手老马文率领。过去之后，果然是场大干戈。最初是一场小小的打斗，结果演变成把强盗的领头蒙克斯莱尔吸引了来，冲突加入了越来越多的人，为此，我们封锁了差不多一英里的地方。

还不到十分钟，本来只有邓伍迪五十人的弓箭手，就被大量的长弓手和重甲兵从四面八方赶来增援。歹徒大概有一百人，蒙克斯莱尔亲自率领，看得出来，打得很艰难。他拿着一柄剑，带着头盔，穿着骑士的锁子甲，在所有人的掩护下站在队伍的最前列，指挥和激励他的追随者。面对呼啸而来的弓箭，他没有表现出任何胆怯。邓伍迪的部下利用大树和岩石作隐蔽，他们大多数人都穿着皮夹克，但是不擅长射箭。而歹徒中的一部分人擅长长弓，他们毕竟在森林里居住了很多年，猎鹿的本领很高强，而且并不惧怕地方官及其随从。六个邓伍迪的神箭手匍匐在树叶上，用布包箭瞄准敌人的喉咙，但是只有一两个歹徒被射中。不管怎么说，现在我们来了，局势开始扭转。芒乔伊和蒙特莫伦西的莱拉尔从两边对蒙克斯莱尔进行夹击。现在，十字弓手和重甲兵已经杀死了二十多个歹徒，他们其中的五十多人用双手紧紧抱头，表示投降。蒙克斯莱尔和一些忠诚者往深林深处逃窜。

我的父亲被选为最高领导人。此时他停止进攻，往左右两边分别派出六个传令官，查看和报告我们处境。半个小时后，他们带着消息回来了，说强盗的主体队伍被冲散了，一群又一群的歹徒紧握拳头放到头上，请求宽恕。当然，我们的人在森林里围成圈原地稍作休息，只等芒乔伊主人一声令下，继续前进。不管是撤退，还是追击，所有人都没有任何异议。我父亲是这样设想的：这一天，强盗们从四面八方不断涌过来请求宽恕，包括蒙克斯莱尔自己，都主动向我们投降。

下午两点钟，杰弗里爵士带着三十名随从加入了我们。他离开了在布莱克浦尔另一边，老休伯特率领的卡尔顿主力部队，因为他特别渴望亲自跟这些亡命之徒过过招，所以觉得我们的正面战场比他们单独防守在边界的警戒线要好得多。夏天过去后，杰弗里爵士晒黑了，也变强壮了，就连身体也长高了一寸。现在，他就像个技术高超的弓箭手，能够灵活掌控十字弓。不一会儿，他就和塞德里克关于练习射击移动物体的技术，展开了热烈的探讨。

我们的营地搭建在美丽宁静的峡谷里，离布莱克浦尔大约两三英里远。大家吃着带来的面包和肉干，围着篝火选择舒适的位置坐着，我父亲将哨兵安置在敌人可能会突围的各个点上，严防死守。突然，离树林半弗朗长的距离，敌人的两个弓箭手在我们的一个哨兵引领下，从小路向我们的营地跑过来。他们举着一根粗糙的树枝，上面扎着一块小白旗，飘来飘去。

“哈！”邓伍迪绅士叫道，“来了两个带情报的家伙，我们会非常愿意听。而且不管我们是否喜欢这个情报，他们都会被吊死在那边的树上。”

“不！”我父亲生气地打断他，“如果他们举着休战旗，我们就不该使用暴力，不管他们是老实人还是真正的强盗。这也是蒙克斯莱尔所希望的，不仅是他的传令官，其他俘虏也得毫发无损。”

传令官过来了，向芒乔伊主人深深鞠了一躬，给他摊开羊皮纸。父亲的眉头皱了一会儿，表情越来越愤怒，然后吩咐我把内容念给联盟部队听。以下是羊皮纸上书写的文字：

给芒乔伊主人罗伯特、卡尔顿继承者杰弗里以及其他尊敬的各主人和绅士：

我的人在今天也成功抓获了俘虏，那就是目前还安全的卡尔顿女主人伊丽莎白及她的两名家臣。您手上现在大概有六十个我的部下，他们都是我的伙伴及追随者。但愿您没有对我的部下使用暴力，我现在要求您在明天太阳下山前将他们全部无罪释放，并且没有任何伤口，再带领您所有的武装队伍，从布莱克浦尔森林撤退。然后，这位女主人及她的随从才能毫发无伤地从我手里释放。如果您违背了这些条款，太阳升起一个小时后，您就会从传令官那里收到卡尔顿女主人的左手。如果明天太阳下山前我的人还没有安全回来，您就会从传令官那里收到这位女士的右手。

以我的速度，您是抓不到我的。不过，如果您确实做到了，这些人质会在第一时间被杀掉。我已经把我的意愿表达清楚了，我的话真假与否，到进行交易时您自会得到验证。

廷代尔的威廉姆
也被某些人称作蒙克斯莱尔

“噢，该死的混蛋！”杰弗里爵士叫道，他的脸上挂满泪水，我认为这并不可耻，“他们会砍了她的双手，也会毫不客气地杀死她。噢！这些挨千刀的小人竟会把她当做目标，我真愿意替她去死。”

“她怎么会被抓住的？”芒乔伊的主人问。

“我想起来了，”杰弗里回答，胡乱地绞着他的双手，“她每周六都会去给我葬在朗通的兄弟上坟，离我们城堡的大门约两英里远，就在森林的边缘。她通常会带足人手，但是今天我为了这次征战几乎带走了所有的重甲兵，她肯定在没有护卫的情况下还是去了。噢，我现在太难过了，这些该死的混蛋！无赖！”

“放轻松点，杰弗里爵士。”我的父亲迅速说，面对这个年轻人的悲痛，父亲的脸上充满了同情，“他们不会伤害你的母亲，如果他们敢这么做，我一定不会饶过他们。放心，我们会释放俘虏，换回她的安全。”

听父亲这么说，其他的一些领导者开始小声地嘀咕。特别是邓伍迪，他粗鲁地说道：

“我在这场战斗中损失了七个自由民，相信其他的朋友也多多少少损失了自己的人。包括佩勒姆主人，甚至被射了一箭，身负重伤回了家，还不知是死是活。现在，我们还什么都没得到，难道说就要白白放了这些混蛋吗？”

“那你怎么做，邓伍迪？是要将卡尔顿女主人留在这个暴徒的手里吗？”

邓伍迪咆哮一声，代替了回答。我的父亲很快又说了起来，这一次，是面向歹徒的传令官：

“回去告诉你们的头，”他说道，“说我们正在考虑他的建议，但是，如果卡尔顿女主人或她的随从有一丁点儿受伤，我们会不惜一切代价抓他，还要将他所有的追随者杀死。即便这场战斗要牺牲上千人，持续一年时间也在所不惜。让他自己瞧着办吧！”

传令官又鞠了一躬，从森林里回去了。我的父亲和其他领导者们聚在营火旁，关于目前进退两难的处境展开了激烈的争论。

第八章　蒙克斯莱尔的要塞

塞德里克扯扯我的袖子，把我拉到一旁。

“你和杰弗里爵士快跟我走，”他小声说，“关于这件事，我有话对你俩说。”

我迅速叫来杰弗里，带着他迅速跟着塞德里克消失在营地，出来的时候顺便还带上了弓箭。

“理查德爵士，”他说，比平常的语速快了不少，“我有一个想法，可以更好地追踪到这个强盗的行踪。”

我的心脏剧烈跳动起来。“真的吗，塞德里克？”我叫道，“如果我们的队伍中每个人都准确知道了他们的行踪，就能展开最好的追捕。”

“是的。”他快速回答，“我相信他们的老巢离这里可能只有两英里，你们愿意跟着我去侦察敌情吗？”

“真心实意地愿意。”我回答。

杰弗里拿出十字弓，做好战斗的调试。“带路吧，塞德里克。”他用低沉的声音说道，“即便是个狮子窝，我也要跟着你。”

“那么来吧。”塞德里克回答，迅速往草丛里移动。他开辟了一条迂回的道路以避开我们的哨兵，因为他们一定会阻挠我们。五分钟后，我们穿过警戒线，来到一条幽深的峡谷，两个弓箭手分别朝着森林的两个方向站岗。

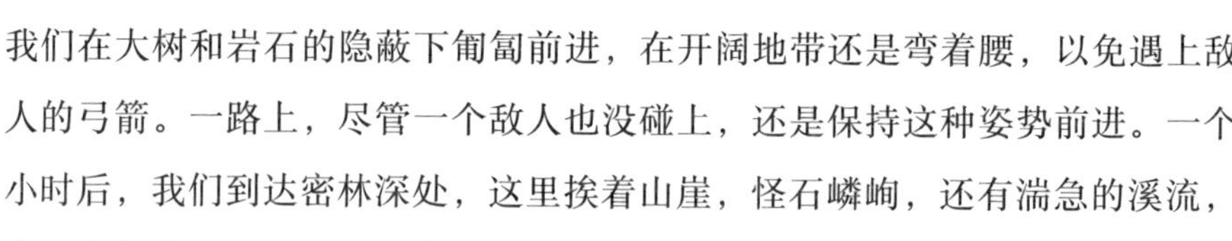

我们在大树和岩石的隐蔽下匍匐前进，在开阔地带还是弯着腰，以免遇上敌人的弓箭。一路上，尽管一个敌人也没碰上，还是保持这种姿势前进。一个小时后，我们到达密林深处，这里挨着山崖，怪石嶙峋，还有湍急的溪流，离我们的营地大约一点五英里。

现在，我明白为什么这个地方会吸引塞德里克，因为他怀疑此处是强盗的要塞。他继续匍匐前进，像条蛇一般弯来弯去，行动迅速，毫无声音。还时不时转过头来，用手指贴住嘴唇，示意我们安静再安静。最后，他在一棵巨大的老橡树前停下了，这里有个树洞，上面覆满了叶子，他让我们不要跟着他，自己一个人迅速爬了上去。

片刻之后，他爬上了一根离地六码的大树枝，从这里可以悄悄地观察山那边的一切。我们在下面什么也看不见，只知道有条小溪流，蜿蜒地从两座山脉之间倾流而下。突然，他的脸仿佛明亮了起来，他低头看看我们，招手让我们上去。

我们尽量不发出一点声音，在塞德里克旁边找个位置，把自己隐蔽在茂密的橡树叶子里。随着他手指的方向，透过树枝的缝隙悄悄观察。

峭壁中间有一条狭窄的道路，跟着是个急转弯，长满了灌木。这里站着两个强盗的弓箭手，他们的腰上别着斧子，手里举着搭上箭的长弓。他们既没看见我们，也没听到我们发出的声音，现在如果进行袭击，随随便便就能杀死一两个。可是塞德里克打手势让我们下去，随后也跟着我们到了地面。

还是什么都没再说，沿着来时的路穿过森林。太阳快下山的时候，我们到达最先的集合点，他这才开始说话：

“完全印证了我的想法。那边的峡谷可以让蒙克斯莱尔在开阔的凹形地带迅速撤离，在那种蜿蜒崎岖的道路上，哪怕仅用六个人，就可以阻止上千名的战士。他认为在那儿可以囚禁卡尔顿女主人，直到交易顺利完成。不过他是不是愿意让她毫发无损地离开，这个就不得而知了。”

杰弗里爵士愤怒地将牙关咬得咯咯响。

“你有什么计划吗？”我问塞德里克。

“是的。”他回答道，“但是这个方法有点棘手，很有可能会失败，不过也算是个不错的计策。”

“快说吧，塞德里克。”杰弗里已经迫不及待了。

“我的想法是，”塞德里克说，“要等到明天太阳落山前，这期间他们也还不会伤害你的母亲。现在，要给他们来个灾难性的突袭。我们要率领弓箭手在远距离发挥作用，还得集结至少四十名刀剑手直接去峡谷的凹带近距离消灭敌人，所以得在黎明前悄悄爬过去，送他们一个惊喜。我保证还没等他们反应过来，就可以抢回人质。这个峡谷虽然开阔，但是不深。我记得它的全部地形，没有空间可以隐藏。”

“但是，塞德里克！”我叫出来，“我们袭击峡谷凹带的时候，怎么阻止他们发警报呢？你忘了吗？下面一点的小路处有两个哨兵啊？”

塞德里克大笑起来。

“恐怕是你忘了，迪肯爵士，悄悄观察他们的橡树位置怎么样？老马文和我可以同时干掉这两个家伙。”

听完他的整个计划，我深深地吸了一口气。“塞德里克，”我说道，“你从来就不是一个简简单单的随从，你像率领部队的将军一样，国王在任何地方都需要你这种聪明人。”

“先让我们把这个计划成功实现再说吧。”塞德里克平静地说道，尽管我能看出刚才的话让他的内心有些激动，“现在，我们能去报告给芒乔伊主人吗？”

“当然。”我说，“我们立刻就去营地向他报告。我保证他一定非常高兴听到我们带来的消息。而且在这次战争中，他知道哪些刀剑手的技术是最好的。”

“而且我也有二十名非常忠诚的卡尔顿人。”杰弗里接上话。

“对的。”塞德里克说道，“这可以让偷袭的小分队有更大的胜算。我们要特别谨慎，看看吧，队伍里说不定混进了强盗的耳目，在我们还差两百步远的地方，就会向敌人通风报信的。芒乔伊主人派出的必须都是绝对忠心的人，要在敌人发出求救信号前全部解决掉。”

午夜时分过去两个小时后，我们向着森林出发了，势必要给强盗们来个暴雨般的袭击。塞德里克，作为道路的引导者，行进在最前面，后面紧紧跟着芒乔伊主人、杰弗里爵士和我。我们小心翼翼地踩着树叶，避开灌木丛，尽量不发出任何声音，再后面是弓箭手老马文、芒乔伊三十个刀剑手以及杰弗里的二十个战士。

天上没有月亮，只有极其昏暗的点点星光。我们匍匐在森林的地上，一会儿快一会儿慢，穿过陡峭的岩石堆和有刺的灌木丛，脸上和腿上都被看不见的尖锐东西划伤。

到达敌人的要塞大约还有一半的路程时，芒乔伊主人摸黑在小溪的岸边停了下来。他的右脚不小心狠狠地踢到了一块石头上，他不得不倒在地上揉捏着。由于疼痛，他忍不住闷哼起来。队伍要继续前进，可是他的脚踝已经严重扭伤，根本不能支撑他的整个身体，只得重新坐下来。他疼得不时地呵气，我稍微检查了一下，发现如果不包扎他根本无法移动，现在没有办法，他必须等着我们回来。所以，他授权给我，让我率领士兵突袭。我们留下了他，派了两个身强力壮的重甲兵保护他。接着，又朝前行进，看起来，太阳就快升起来了。

凌晨四点的时候，我们到达溪床，离强盗的要塞大约只有两百步远，这里是一条怪石嶙峋的小路。塞德里克和老马文离开我们，去了那边的山上，迅速爬上茂密的大橡树。黑暗中有些灰蒙蒙的颜色，黎明就快出现了。半个小时后，大树的树枝一点点地显现了出来，我们可以逐渐辨识出每个人的脸。

清晨的鸟已经被惊醒了，它们唧唧喳喳扑腾着翅膀。我们知道塞德里克和马文等着晨曦第一束光，来瞄准他们的目标。到这最后的时刻，我仰头透过大树，看见了太阳的光芒。

就在此刻，如同预想一样，橡树的叶子中间发出两声猫头鹰叫。这正是我们等待的信号，我们全部人朝着要塞奔过去，尽可能不发出任何声响。这段路没有遇到任何阻拦，杰弗里和我率领大家，迅速到达两个哨兵的尸体位置。塞德里克和马文，已经从树上圆满地完成了他们的任务。两个哨兵死得悄无声息，每个人头上都穿过了一支箭。

我们向前冲刺，战士们已经越过了要塞处的岩石，咆哮着前进。已经没有时间秘密行动和匍匐前进了，我们直接往里冲，鞋靴踏过道路上的岩石，发出咔哒咔哒的声音，碰撞到的盔甲也砰砰作响。

不一会儿，我们就到达峡谷的凹形地带。这里有二十个强盗从上面俯视着我们。箭矢在我们身边嗖嗖飞过，有一两个人受伤倒下了。杰弗里举起弓箭朝他正前方的高个子射去，正中他的眉眼。我看见强盗的首领蒙克斯莱尔，我们的刀剑拼搏起来。

蒙克斯莱尔仍旧穿着锁子甲，我相信他昨晚一直穿在身上，没有脱下，这和他穿的编织衬衣很相配。我已经在他身上划了两三剑，信心倍增，觉得自己又高又壮，这是生命里从未感受过的畅快。我手里的剑舞得恰到好处，对方就像那个法国人拿铁尔伯爵，他在什鲁斯伯里跳来跳去，差点杀死我的父亲。蒙克斯莱尔的剑术并不像个初学者，在上次与他交手的时候，就得到了很好的证明。但是我最初学剑只是玩玩而已，练完整个夏天有了很大的长进。我在他事先意识到的地方假装进攻，挥剑到半空的时候以迅雷不及掩耳之势，突然直刺他毫无防备的喉咙，我一剑又一剑地刺他，直到他再也不能还手，倒下去死在了我的脚边。

看看吧，我竟然战胜了强盗首领，他此刻就是不死也只留了一口弥留之气，剩下的敌人溃不成军，不一会儿就全都成了俘虏。卡尔顿年轻的杰弗里爵士把十字弓丢在地上，站在那边，他母亲正紧紧地环着他的脖子，母子俩抱在一起，他悄悄向她耳边不住地说些什么，她点点头，泪水流了一脸。她旁边站着两个没有受伤的家臣，正高兴地大声欢呼着。

我静静地看着他们，内心得到莫大的满足。突然，卡尔顿女主人松开她的儿子，向我跑来。就在这个瞬间，我得到了一个热切的拥抱。

"芒乔伊的理查德，"她叫道，"你和你的部下都是我儿子的朋友和救命恩人，现在同样也是我的朋友和救命恩人。今天你所做的一切远远胜过所有言语。上帝为我作证，你的所做所为让我相信你是一个真正的男人，我们卡尔顿将竭尽所能为你服务。从今天以后，永远，我们的家族之间都将会充满和平与爱。"

第九章　贱民与背负的重担

从布莱克浦尔森林一役杀死了蒙克斯莱尔以来，已经过了差不多一年多的时间了。这一天，我的父亲、母亲、我，还有现在已经是我贴身侍卫的塞德里克，坐在芒乔伊的大殿上谈论最近的新闻。休·德兰西爵士的土地在我们的南边，大约三十英里。这里出现了一个嗜杀的叛徒，是个乡野之夫。他在村里集结了一百多名农民、学徒及食客，用斧子、棍棒和镰刀作为武器，在夜里进行偷袭。休爵士以及六个下人在城堡中被他杀害了，女主人被驱逐出去，然后，他们把整座城堡洗劫一空，还放火烧了那里。

我们对这种目无法纪及残忍暴行感到震惊，接下来，就如何惩罚他们展开了激烈的讨论。就在这时，一个弓箭手从庭院走了进来，他自称是休爵士的重甲兵，在攻击中受了重伤。他本来受主人的命令要去别处搬救兵的，但是到达芒乔伊的时候支持不住了，所以向我们发出请求，并给他上些膏药疗伤。我父亲立刻下令为他的到来表示欢迎。很快，这个带着重伤逃跑的男人坐在我们的桌子上，开始大口大口地吃肉喝酒。等他吃饱喝足后，告诉了我们一些这场战争中不为人知的一面。

休·德兰西爵士，作为国王的一个忠诚的追随者，处罚手段非常严厉，甚至不惜动用非法手段，当时在战争中，他甚至与我的父亲进行竞技。他对于厨房和大殿里所有的仆人都非常苛刻，尤其是对于农民，更是喜欢用暴力控制。他们许多人在他身后偷偷诅咒他，但一旦被他发现，就会用橡木棍子抽打他们，所以越来越多的人敢怒不敢言。那一天，他派管家去奥斯瓦德农舍，一个有私有领地的农民那里，宣布奥斯瓦德要在夜里准备两名男仆人，为他的主人休爵士和威斯特比主人在自己的森林里连续两日的猎鹿活动提供服务。但是很偶然，奥斯瓦德的妻子马杰里，刚好在这个时候卧病在床，而且就快要死了。奥斯瓦德立刻向他的主人报告，说自己分身乏术，实在无法为主人召集两名男仆人。管家早就对他心怀怨恨，抓住这个机会想报复奥斯瓦德。于是跑回去报告主人，说农民奥斯瓦德拒绝从他的农舍提供男仆人，故意把农民的回话说了一半隐了一半。

休爵士听到后，恼羞成怒，他亲自骑着马，一口气冲到奥斯瓦德的家门口。一到达农舍门口，休爵士不管三七二十一，拔剑一阵乱砍。奥斯瓦德听到声音跑过来，看到这一切心情极度愤怒，就对他的领主说话有点不客气，请他直接回去。

休爵士生性多疑，如果他听明白奥斯瓦德的意思，可能也不会酿成悲剧。他认为奥斯瓦德指着打开的房门，对他说的话语带着命令语气，挑战了他的权威，所以他必须做点什么才能显示自己才是德兰西这片土地上真正的主人。奥斯瓦德站在他面前一动不动，就像是一个骑士横在他面前，手里又拿着木柴指指点点让他回家。休爵士被这根木柴气疯了，他用自己的剑直刺农民的太阳穴。奥斯瓦德立刻就倒下去，死在了自己主人的脚边。然后，休爵士骑着马，大摇大摆的回到自己的庄园。

可怜的马杰里夫人，跪在自己丈夫身边，发出无比可怜的哀号。很快，这里就聚集了两三个邻居，听她断断续续地诉说了整个过程。还没等到入夜，这个悲伤的消息就传遍了德兰西每个角落。天黑的时候马杰里夫人也死了。一支充满复仇情绪的队伍迅速组建了起来，他们带着愤怒的情感，要向休爵士讨要说法。

德兰西的民众拒绝听休爵士的辩解，让传令官去传令，借用了高·康斯坦博主人的名义进入。他们甚至让传令官说康斯坦博领导着五十个手执长矛的士兵，正向德兰西而来。他们发动兵变，要惩罚休爵士这个谋杀者。不管怎么说，看起来，康斯坦博主人没有弓箭手，而且很担心正面交战。因此，他请求芒乔伊主人派出六名能在两百步远射中目标的十字弓手，与他一起回去。他承诺自己的主人会给予如同国王那般丰厚的酬金。

听到这里，芒乔伊主人转向塞德里克，说道：

“现在机会来了，塞德里克，我的小伙子，你可以去赢得金钱和荣耀。你愿意挑选五名芒乔伊的十字弓手,跟他们一起去摘下康斯坦博的旗帜吗？”

塞德里克的表情突然凝重起来，他回答说：

“我的好主人，感谢您给予我这样的机会，但是这样的战斗不是我想要的。”

“喂！”我父亲叫出声来，“这是你绝好的一个转折点，塞德里克，你有如此之好的弓箭技艺，一定能好好打击拿棍棒和镰刀的农民。”

“不，我的主人，这场战斗我颇有微词，我甚至愿做康斯坦博队伍中一名普通的战士。我为您祈祷，如果芒乔伊必须要派弓箭手完成这项任务，也请派其他人吧。”

我父亲的脸涨成了红色。他从桌旁站起来，朝着塞德里克，看起来特别生气，想要大声说话。但是转念又想了想，朝这名士兵说：

“回去向你的主人表达芒乔伊的敬意，就说半个小时候后，六名优秀的十字弓手会从这里出发，在康斯坦博到达德兰西庄园之前，会在路口对他展开袭击。”

这名士兵鞠完躬就回去了。很快，我们听到他的马蹄声从吊桥奔出去。然后，芒乔伊主人在庭院处，命令一名年龄大一些的芒乔伊弓箭手，授予他本来要给塞德里克的权力。这些准备完后，他又转向塞德里克，眉头皱得紧紧的，说道：

“现在告诉我们，小子，为什么突然不愿意向众人展现你高超的十字弓技术？这不像你，我有些迷惑，不管是任何战役你都没有半点退缩。而且不管这个带来康斯坦博消息的通信兵是骑士还是小丑，你都不应该在他面前这么给我难堪。你在害怕什么？是为了这群乌合之众吗？”

“我没有害怕他们，我的主人。反而我埋怨自己没办法跟他们一起惩罚罪人感到不痛快。这种行为太无法无天了，让人非常生气。”

芒乔伊主人惊讶地瞪大眼睛，看着面前的年轻人。我的母亲和我屏住呼吸，谁都不敢插话，也不知该如何结束这段疯狂的谈话。我的父亲深深吸了一口气，提高音量，声音回响在整座城堡：

“难道你想让谋杀我朋友的人得到无罪释放？让我的朋友不得不成为下贱的人，还不被允许进入自己领地上的城堡吗？”

“人必须捍卫自己的权力。”森林人坚定地回答，“城堡是他的，应该反对入侵者。然而即使他是领主，他也可能被驱逐出去。”

这种反叛的言语从来没人敢在芒乔伊的大殿上提及。我父亲的脸气得发紫，他愤怒地叫道：“你是从哪儿获悉这类反叛言论的？是钻研编年纪事的史书上学来的吗？是不是柯克沃德大教堂的修道士借给你的？”

“不，我的主人，这是古代的撒克逊法律，它一直未被英格兰废除，只是鲜为人知。‘自由人的房产是他自己的属物，哪怕仅仅只是森林人的一间房’。”

芒乔伊主人站起来，来来回回地走着：

“从未废除，确实！但是将来很有可能会被废掉的！现在没有法律规定赐予贵族后裔的土地能够随随便便转交给其他征服者，这才是面对格里姆斯比土地上无礼的贱民的方法。要是没有这样的法律约束，那不管是谁，都去争夺土地，如何维持和平？谈何保护国家？”

“可是先前已经有历史证明，是可以的，我的主人。您曾讲过罗马帝国的共和政体，那里的平民统治着城市，这个城市具有如此强大的力量正是由于权力制衡形成的。”

我的父亲睁圆了眼睛看着他，他竟然胆敢这样质疑主人的智慧。但是此刻，父亲什么也说不出来，芒乔伊女主人抓住机会说道：

“噢！关于这些平民，有一个愉快的故事，那就是鹅叫声拯救了整座城市，我会抽空给你讲讲这段历史的。”

芒乔伊主人做了一个不耐烦的动作，他正开口准备继续争论，却被大殿的敲门声打断了。女仆人进来报告说弓箭手老马文，着急见父亲。我非常高兴看见他进来，因为在我父亲和我的随从朋友之间，突如其来的一场充满火药味的谈话，让我和我的母亲感到有些痛苦。虽说塞德里克在战争和冲突中救过我无数次的性命，也出于正义杀死卡尔顿年轻的莱昂内尔，可亨利国王下令吊死塞德里克的时候，是芒乔伊主人挺身而出救了他。在所有的芒乔伊家臣中，塞德里克是最好的弓箭手，也有最聪明的脑袋。我虽然多次预见他会赢得荣耀，可还是比我想象中要迅速得多，他不是个简单的随从。但是现在看起来，我不能这么一厢情愿，毕竟他同我们不一样，这让我感觉有点难过。

塞德里克现已成为我们家族一个较为年轻的家臣，如同十字弓箭手老马文，他最早追随我的祖父，后来随我父亲亲临沙场。他运用武器的高超技艺也在很多战场上发挥了作用，甚至从芒乔伊的城墙上，射杀了卡尔顿的主人老狼。现在已经过去两年了，马文和他贤惠的妻子生活在米尔菲尔德六英亩的田舍里。我们希望他在那里平静地躲过最后的时光，而不是再过充满复仇、艰辛及危险的生活。可芒乔伊主人不这样想，他的脾气有点儿阴晴不定，时不时地会给下属下令，即使马文在芒乔伊大殿里享有无尚的荣誉及特权。

马文一进来，我的母亲就站了起来，把塞德里克叫到了她的身边，故意找了些事情去让他做，于是他离开了大殿，直到晚些时候才见到他。这个期间，老马文向我们解释，说他有个兄弟在某天迁到了北方，生活在莫顿主人的土地上。马文已经有二十年没有见过他这个兄弟了，上次分别还是在某个冬季，他只比马文大几岁。现在得到消息，他在莫顿的农舍里卧病不起，就想在临死之前见马文最后一面。他承诺，如果马文陪他走完生命的最后路程，他就把自己全部的家产赠予马文，马文也同意了兄弟最后的请求。所以老马文现在急着离开，他想搭一辆商旅大篷车，这车正往那个方向去。

听完马文的话，父亲立刻允许他离开，并让他从芒乔伊的马棚里挑走一匹好马。随即，我们忠实的老家臣就匆匆离去了，因为大篷车已经出发在路上了。

我的母亲和我都希望芒乔伊的主人能够轻易忘记他和塞德里克之间不愉快的争论，所以塞德里克整个早上都在不停地劳作，直到中午吃饭的时候他才回来，话题移转到什鲁斯伯里就快举行的大型马上比武大赛上面。可是后来的气氛又紧张了起来，因为下午迟点的时候，父亲走进大殿，刚好发现塞德里克坐在火炉旁，正在认真研究平民权力的书籍，这让他觉得塞德里克在关注异端学说。一瞬间，火气又全都蹿了出来。他愤怒地大吼，宣称对于合法的主人而言，这些贱民和下人都不适宜坐上尊贵的位置。如果塞德里克想要改变自己的命运，就必须要把这些稀奇古怪的想法从自己的头脑中赶走。塞德里克用低沉的声音回答，但是一点儿都没有逆来顺受的意思，甚至一点也不隐晦，说当仆人的英国自由民应同样拥有陪审的权力。到了最后，我的父亲中止了谈话，一字一顿，冷冷地说道：

“我告诉你，小子，如果你想继续留在芒乔伊的城堡里，就必须改正你那些想法。我们不会接受煽动叛乱的人向我的自由民鼓吹那些奇怪的东西。从你嘴里说出的那些话，根本不是什么豪言壮语，而是叛乱。只要我统治着芒乔伊，每个人都会有自己的房舍，或是在城堡生活的房间，但是必须对国王以及他的领主无条件忠诚。”

我的随从鞠了深深的一躬，然后说道：

“我感谢你，我的主人，为您所有的仁慈。但是现在我该道别了，我已无话可说，不管我是一个真正的朋友，还是敌人。”

“塞德里克！”我的母亲叫道，“别这么说。想想芒乔伊会给你的命运带来什么，再想想我们对你有多好。快向芒乔伊主人说，你不会再有那些莫名其妙的想法，你还是我们的人啊。”

塞德里克摇摇头，没有再说一个字。那边的父亲从钱袋里摸出一些金币，递给他：

“你曾向芒乔伊表现了忠诚，这些是你应得的。”

塞德里克还是摇摇头：

“不，我的主人，我做这些并不是为了金币，我不会要的。我就要离开您了，我会带走卡尔顿的那匹马，现在应该叫做我的马，我会骑着它离开芒乔伊。因为在这里，我的言论和思想都是危险的。”

母亲和我都急着去挽留，可是塞德里克一点都不为所动。芒乔伊主人把双手握成拳头，背在背后，来来回回地走着，眉头深深地皱起来。森林人又深深地鞠了一躬，离开了大殿。很快，我们就听见马蹄声在吊桥处响起，我爬上城堞，看见我忠实的随从和伙伴，他的身影一点点地消失在东南方的路上，这是前往伦敦的方向。

难过的三天过去了。远方传来消息，康斯坦博和他的枪骑兵组成了部队，成为德兰西庄园农民起义的主力军，他们中的两位主谋已经被吊死了。尽管我的父亲给这位通风报信的人一笔不错的报酬，但是并不能让他感到高兴，因为他亲眼见到他的朋友也在其中被杀害了。芒乔伊的大殿上谁也没有说话，外面下着倾盆大雨，这些日子天气显得压抑，气温也很低，就连木柴都受潮了，火烧得一点都不旺。

莫顿的传令官骑着马来了，他将主人的一封亲笔信递给我的父亲，上面全是不好的消息。信中说，老马文因为抢劫了莫顿拥有继承权的儿子，而受了很重的伤。还说马文会得到很好的照料，不久就会被送回芒乔伊，他死去的兄弟赠与他的所有的财产和物品也会给他。

信写得非常简短，父亲读完后，我们都对这件事情感到迷惑不解。我们转向送信人，芒乔伊主人严厉地询问他：

“难道你不应该说些什么吗？我的人，除了这封信之外究竟发生了什么？”

“是的，我的主人，”他沉重地回答，“整个经过我几乎亲眼所见，太令人悲伤了。我的莫顿主人是个好人，说抢劫他拥有继承权的唯一的儿子，完全是个误会。”

“告诉我们所有的经过吧，我为你祈祷。”父亲急切地说道，“如果你告诉我全部的实情，我会赠与你一套房子。”

“不，这没什么用，主人会把这一切化为泡影的。一切起因是他的儿子博伊斯爵士，他应该为此受到应有的惩罚，可是目前还没有。莫顿主人是一位正直公正的人，但是这些年，他越来越无法阻止年轻的博伊斯爵士做坏事了。小主人喜欢伙同一群年轻人在外面喝酒赌博，从两星期前，莫顿主人就对他严令禁止，这让他觉得很不高兴，于是带了魔鬼的工具——骰子回到了大殿。还不止那些，他竟然还从什鲁斯伯里带回两个年轻人，他们整天整夜胡吃海喝，赌博成性。”

“可是这同我们的马文有什么关系呢？我认为他甚至都没有在莫顿的城堡里住过。”

“是的，我的主人。马文三天前来了，他一直在莫顿森林里的农舍呆着，这里是他森林人兄弟吉尔伯特的住处，他的兄弟快要病死了。请您不要着急，我会一一和盘托出的。差不多一天之后，老吉尔伯特就断了气。这个时间太阳快下山了，老马文和一些陌生人在农舍里轮流照看他的尸体，原本打算第

二天将他下葬。我知道这些，是因为我的主人莫顿让我去给森林人带个信，然后我又把这些消息带回大殿。

“回来后，我就从年轻的博伊斯爵士那儿得到命令，要求陪同他一起去森林里打猎，那天晚上他想要和一些朋友在里面寻欢玩乐，于是我忙着给他们准备食物和酒。我非常清楚，这可能会引发不好的事情，因为莫顿主人没有下令。现在我非常后悔，因为我没有及时地向他报告。博伊斯爵士是一位我行我素的人，他很不喜欢听忠告，所以我只能听命于他，以为这样就会好些。可是这群年轻的家伙自管自己高兴，一点也不顾及他人。

“但是，唉！那天晚上发生的一切比我想象的还要糟糕得多。这群年轻人中，有兰开斯特的戴米安、亨利·沃尔科特爵士和盖·蒙塔尔万伯爵，其他名字我不是很清楚。他们喧嚣作乐，风流放荡，还喜欢拿着刀剑挥来舞去。我给他们拿去的鹿肉饼，他们根本没理会，只喜欢喝酒和骰子。是的，他们架起营火，摆开桌子，旁边放上酒桶，开始玩起了赌博游戏。这个游戏很快就让每个人都兴奋起来，热情越来越高。年轻的博伊斯爵士最先赢了一局，钱袋越来越鼓，里面装满了金币。但是到十点钟的时候，他的好运气就跑去其他地方了，他不停地输了一场又一场。不仅是先前赢的钱，就连自己的钱也输了出去，甚至还借了不少。最后，他押上了自己的甲胄，这是当他成为骑士，要前往马上比武大赛时，他的父亲送给他的礼物，当时一并送给他的还有一匹白马。可是过了一个小时，这些还是全都输光了。盖·蒙塔尔万伯爵是那天晚上的大赢家。那个时候，他们一个比一个醉得厉害，年轻的博伊斯爵士还想继续赌博，但是他发现没什么东西再拿得出来了，于是他们怂恿着他拿别的东西来赌博。

“虽然我的小主人认为他们玩得有点没底限，但是到最后，他彻底被激怒了，咆哮着：‘我知道哪儿还有莫顿的金币！吉尔伯特，一个老贱民，他是我们的森林人，今天死了。我不确定是不是在他的小房子里储存了一些金

币，那是我父亲和我一次次赏给他的。现在我需要这些金币，要拿回本就属于我的东西，谁愿意跟着我去取？’

“咆哮声和笑声一起响起来，很多人在拍手。博伊斯爵士立刻就准备出发，他把剑拿在手上，跑出了房门。我一直在旁边苦苦劝说，可是完全没能阻止他们，这群人抓过斗篷，拿上武器，蜂拥着前去森林里吉尔伯特的农舍。我离开他们的聚会点，沿着小路快步跑去城堡向莫顿主人报告。但是这段路将近半英里，当我到达的时候主人早已经深深入睡了。我不得不把他惊醒，他立刻派了六名重甲兵，一路跑步前去森林，只为阻止这群年轻人的疯狂举动。

“但是，唉！太晚了，他根本无法阻止他们。我们亲眼见到这令人难过的一幕：吉尔伯特的房子被彻底摧毁了，地上横七竖八躺着尸体，上面到处都是伤口和血迹。我昨天去照料老马文时，听到了那时发生的事情。多么可怜啊，对他来说，他的身体很快可以复原，但是对我们所有爱着和尊敬莫顿土地的人来说，这是不得不承受的莫大的耻辱。

“快到半夜的时候，他和陌生的年轻人躺在地板上，盖着他们的斗篷入睡，结果被外面一阵刀剑及吵闹醉酒的声音惊醒了。吉尔伯特的尸体就放在床上，毫无疑问，酒瓶掷地加上咒骂声毫无遮掩地传进来，马文听得怒火冲天。

“‘你们是谁？在这里干什么？’他气愤地吼道。

“‘莫顿的博伊斯爵士。’有人在外回答，‘起来，你这个贱民，快开门！’

“‘不管是谁，都不应该现在过来。难道你不知道森林人吉尔伯特，他现在已经死在这儿了，快走你自己的路去吧，我为你祈祷，安静地离开这所房子。’

“门口有越来越多的叫喊声和锤击声，陌生的年轻人也说道：

“‘走你自己的路去吧，不管你是谁。我们是两名携带武器的战士，在这个夜晚，在这儿，你别想从我们手里得到什么东西。’”

“多棒啊！多英勇的回答！”我父亲连连赞道，“这个年轻人真不错，我要奖赏他。”

“唉，”老仆人回答，“他一身灰色，不管是名绅士还是平民，他很快就要被迫为这个英勇的言论付出代价。因为我年轻的主人和他的狐朋狗友击败了屋里的人。这群年轻人集结在一起，用了一根巨大的原木，硬是冲撞了进来。特别是首当其冲的农舍大门，遭到了严重的冲击，然后他们一个个拔出了腰间的剑，继续往里冲。

“在他们冲到门口时，老马文用十字弓顶住年轻的蒙塔尔万的脸。旁边那个陌生的年轻人用刀剑拼命抵抗，他确实非常英勇。刚开始，他站在阴影处，这是一个非常有利的位置，但是很快就被那些残忍的家伙围了个水泄不通，即使这样，他仍然杀死了一个人。这个举动激怒了博伊斯爵士，小主人怒火冲天地要过来与他对决。小主人疯了一样，不停地要置他于死地，嘴里还咒骂不已。马文被打倒在地，受了重伤，可是这个年轻人仍然拼死抵抗，转眼间又杀了四个人。可是对方人太多，很快，博伊斯爵士刺穿了他的身体，他倒了下去，当时还有一口气，现在可能已经死了。”

“噢，上帝啊！”芒乔伊的主人叹息道，“穿着一身灰色，你刚才是这么说的吗？衣服上没有一些特别的纹样吗？他是贵族吗？要是他在亨廷顿或是蒙特默伦西，说不定会死得其所，挣得荣誉。”

听完这段描述，我母亲的脸突然变得像蜡一样白，她小声地颤抖着声音，还时不时地倒抽气，听起来竟有点像在哽咽：

“难道你——一点都不知道——他的名字吗？”

“不，我的主人，”老仆人回答，“看起来马文似乎知道他，叫他塞德里克。”

“塞德里克！”母亲和我同时失声喊出来，父亲面如死灰，一屁股跌坐在他身旁的椅子上。

在他们冲到门口时，老马文用十字弓顶住年轻的蒙塔尔万的脸。

“塞德里克！”我叫出来，“是芒乔伊的塞德里克，没有其他人叫这个名字。”

父亲开始说话了，声音异常低沉，颤抖不已，我从来没听过他用这种声音说过话：

“这是对我自己固执脾气的惩罚啊，塞德里克确实是正确的。现在我知道了，我们的老马文自己的权力被别人随意践踏，而这些人还要称他们贱民或混蛋，这个小伙子都在进行怎样的战斗啊！他是怎么倒下的？被这群暴徒欺负成这样，还像一位勇士那般英勇地倒下吗？噢！他死之前留下了什么话吗？有没有什么话要带给老马文或其他人？”

“据我所知，没有，我的主人。”老仆人回答，“我今天早上离开庄园时，他还留有一口气，看起来很难熬过今天。”

我的父亲站起身来，狂躁不安地拉着铃绳，叮叮当当的声音响彻大殿，总管急急忙忙地跑进来。

“告诉马夫给凯撒套上马鞍，”芒乔伊主人大叫道，“告诉布罗德里克，让他集结六名重甲兵，还有一些步兵，我要马上出发去莫顿。”

“我也是！”我叫道，“高尔文，告诉马夫把我昨天骑的马准备好。”

“还有我的！”母亲也发出锐利的声音，“我也是，我也要去莫顿。”

莫顿庄园大概四十五英里，这段道路崎岖，杂草丛生，很多怪石突兀，还有不少的溪流浅滩。我们走到一半的时候，月亮升了起来，皎洁的银辉穿过整座森林。事实上，路非常难走，但是我们仍是并驾齐驱。离开芒乔伊差不多已经四个小时了，莫顿的老仆人领着我们，直接往吉尔伯特的农舍驶去。

感谢上帝！我们并没有太迟，塞德里克躺在里面，还有一丝呼吸，尽管他的眼睛闭得紧紧的，脸上也如死亡般苍白。老马文躺在旁边另一个软榻上，莫顿庄园的一位妇女正在照料他们。

看到我们进来，马文非常高兴，好像在他的预料之中。他叫醒塞德里克，

路非常难走，但是我们仍是并驾齐驱。

塞德里克看看我们，从他眼睛里看出来，他认出了我们，并且微微地表示了欢迎。芒乔伊主人半跪在在他旁边，握着他的手：

“塞德里克，”他温柔地说，“你能够原谅我昨天伤害你，并把你逐出我的家门吗？”

我同伴的脸上露出微笑，他的眼睛明亮起来，脸上也渐渐浮现出血色。

“芒乔伊主人，”他说，声音比先前有力一些，“我原谅你，为这些微不足道的小事，我用我的全部身心为你祈祷。”

“毕竟，你是对的。”芒乔伊主人继续说，“你一天天长大，越来越捍卫自己的权力，我要知道你和你的朋友们是否足够忠诚，而不至于给我的家族带来麻烦。现在，我要用我一半的土地让你回来，它们非常肥沃，就在芒乔伊。”

塞德里克又笑了，就像一个大人般说道：

“您奖赏得太多了，我的主人。不用任何奖赏，我都会回去的。我受了两处重伤，确实，我以为自己没救了。可是这儿的好医师就算知道我只是个森林人，也叫了很多人来一起医治我，现在我觉得好多了，看到你们也很高兴。我会继续追随芒乔伊的徽章，我的主人。”

我们三人在他的床前高兴地落泪，老马文则在自己的榻上感恩祈祷。医师进来了，他又仔细检查了一下塞德里克，证实了他确实在朝好的方向复原。两个小时后，我们轻轻走出了农舍，因为忠实的朋友已经熟睡过去了。在森林里，医师对我们说，现在最坏的时刻已经过去了，毋容置疑，他们都会逐渐康复的。

第十章　鹰之通道

秋天的清晨吹着微风，我们正在庭院里练兵器，传令官进来报告，德兰西的高·康斯坦博主人正在经过芒乔伊的吊桥。他有急切的消息要带给我的父亲，是关于我们认识的一些邻居：包括卡尔顿的年轻主人杰弗里爵士、格里姆斯比的詹姆斯·邓伍迪爵士以及其他贵族骑士及爵士等的。威尔士一次又一次地破坏他们的地界，这个蛮横的领导者自诩为“威尔士国王”，在他的领导下，他的军队到处烧杀抢掠，数英里大片大片的果园都被他们毁坏了，现在他的军队正在沃林汉姆，对要塞发动攻击，于是我们的邻居们用火或剑正在拼死抵抗。

威尔士的军队阵容很大，有五千将士。他们在沃林汉姆的城墙下驻军，对如何进行围攻战很有经验。包括使用投石机和其他兵器，并配合刀剑及标枪进行围攻都很熟悉。而且，在这之前，他们对地形有所预估，到达特定的地方进行残杀和放火，让沃林汉姆损失不小。尤其是德库尔赛勒的菲尔普爵士，目前仍然处于困境之中，等着德兰西出兵救援。康斯坦博有五千骑兵，其中一百四十个为盔甲骑士，他是最近刚加冕的狮王之心理查直接领导的下属，集合了英格兰十字军东征的一系列骑士，带领我们的西部军，进行了很好的防御。目前，康斯坦博主人仍然努力地宣传、广泛地呼吁为他西部优秀的骑士和贵族提供人手，希望集结更多的力量，战胜威尔士。

威尔士的军事战斗力很强，他们发誓不仅要把受苦受难的人从沃林汉姆的痛苦中解救出来，还会横扫西部军，打通山里的要塞，进行杀人掠货。这些亡命之徒的首领徽章是一个骷髅头，整个部队集中在一起进行战斗。威尔士经过很多次血战，不管是人还是战马，都已经练就了顽强的品性。

第二天，在赫里福德处，康斯坦博的徽章旗下集合了不少兵士。队伍里新添了四百名盔甲战士、上千名装备精良的重甲兵和身强力壮的长矛手、一千两百名弓箭手，其中大多数使用十字弓，另外的使用长弓和剑。这些战士中，有的带头盔，有的穿皮衣，森林人穿件简单的护胸片，农民则穿着没有任何花纹的灰色外套。他们都由康斯坦博统一领导，在短时间内迅速聚合，尽管其中有人年岁已高，骑的是耕地的马。军队中的牲畜都超负荷地驮运重物，不得休息。

当我们到达的时候，年轻的卡尔顿主人杰弗里带着两百个战士，已经在集会地点了。不一会儿，格里姆斯比的邓伍迪、佩勒姆的主人、蒙特默伦西的莱拉尔以及曼勒雷、怀特伯里、格雷沙姆的人也陆陆续续到了。在指挥官的命令下，每个人打开袋子，为这三天的战斗领取面包和肉干。除了这三天，其他时间的食物我们只得自己去找。半下午的时候，武装力量也集结完毕，我们选择走直路，到了哈迪斯顿才扎营，那儿距沃林汉姆还有整整一半的路程。

对于卡尔顿的杰弗里，对于芒乔伊的继承者，也就是我自己，还有我的随从我的战友——佩勒姆森林的塞德里克，这都是一战成名的好机会，我们个个都为了明天的战斗保持着高昂的激情。塞德里克和我在圣烛节上度过了十九岁的生日，杰弗里爵士比我们小六个月。这一路过来，我们在乡村间看到了一些血流成河的冲突，都是法律禁止的，面对这样的敌对状态，每个人心里都倍受折磨。事实上，塞德里克去年在莫顿受的致命伤，现在还没能完全复原。我们这支武装部队为了捍卫自己的土地向前行进，盔甲和武器撞击发出的叮叮当当的声音像是演奏着美妙的音乐。我们处于队伍的中间，不管向前看还是向后看，都壮观无比。真不敢相信，这么庞大的一支队伍，要是真与敌人交战起来，场面该多么宏大。我们的首领是老康斯坦博，他穿着盔甲，独自一人率领队伍走在最前面，看起来是那么战无不胜。所有人都清楚威尔士人，他们战斗的时候不穿防御铠甲，但是个个力大如牛，勇猛好战。其实，当我想到这些年艰苦卓绝的连年征战中，可怕的诺尔曼人擅长用手里的矛和剑跟他们拼搏，我就特别同情他们赤裸着身体去战斗。看起来，骑士和绅士在这样的战斗中占据有利的地位，说不定威尔士人连敌人的身体都没碰到，骑士和绅士带来的箭头、标枪甚至是长剑，就可以让他们死的死，伤的伤，这实在没什么公平可言。要是以往，我一定会忽略这一点，可是现在，我变得更明智更客观了，对我而言，要是没有把握赢敌人，再也不会像原来那样草率地决定迎战。

杰弗里爵士和我都是有礼有节的勇士，在某种程度上而言，更像是武装精良又有经验的老骑士。塞德里克也是如此，尽管他是自由民出生，穿着粗劣的外衣，但手里也有一柄上好的刀剑。他的背上自然是背着他的十字弓——这是他最珍爱的武器，已经利用它练就出了高超的技艺。塞德里克可以随随便便就在灌木丛里射中一只狂奔的野兔，最可贵的是，他还能够毫无保留，把自己的技术大方地传授给芒乔伊十二个甚至更多的弓箭手，所以我们现在在乡村间，拥有最强的十字弓战队。

卡尔顿的杰弗里在过去两年明显长高了，我们进行军事练习时，他常常会过来和我进行探讨。我也一样，已经和父亲一样高，也和父亲一样有健壮的肌肉和优秀的骑士技术。塞德里克，尽管在刀剑技术上稍弱一些，但是拥有一双有力的臂膀和矫健的长腿，他能够单臂吊在树枝上做引体向上，非常轻松。他要和我打赌时我还不信，让他白白从我手里赢了一枚金币。

尽管塞德里克的父亲是佩勒姆的森林人，他从出生到十六岁，都和父亲

住在森林里的小屋，但是他说话的语气一点儿也不像我身边的其他贱民。在芒乔伊的城堡里，他学礼节，和贵族并无差别。我的母亲从来没有嫌弃过他，而是认真地教他一个骑士和绅士应该具备的所有礼貌。如今她很满意自己的努力，可以把塞德里克教得这样好。塞德里克作为司令员在发号施令的时候，从没忘记使用她教给他的那些语言。

我们在哈迪斯顿短暂地休息了片刻之后，三点钟朝着沃林汉姆的平原，又开始前进了。太阳升起的时候，我们离要塞还有九英里，康斯坦博派出轻装的侦察兵去侦探敌情，好进行战斗布置。他命令富有丰富战斗经验的我的父亲，可以随时向他报告。

“我的主人，我认为威尔士的首领瑞斯和他的乌合之众，肯定想在要塞把我们迅速解决掉。除非是插上翅膀飞过军队，否则一听到我们到来的消息，肯定会立刻发动攻击，我相信一定是这样，否则就让上帝诅咒我吧。”

“芒乔伊！”康斯坦博转过来，“我相信你是对的。瑞斯不会冒险将他的队伍放在如此开阔的平原地带，利用刀剑和标枪战斗。但是你有什么好的建议呢？难道我们什么也不做，就在沃林汉姆骑着马走来走去吗？”

“是的，我的主人。这条路上有个分叉口，刚好在箭程之内。这条路一头是沃林汉姆，另一头是离要塞三英里远的埃格伯特浅滩。如果我们能够抢先控制这条路，不仅可以对威尔士进行拦截，还能阻断他们的撤退。如果他们离开的地点不只是沃林汉姆，同样也可以在那里发动有力的攻击。”

“说得好，芒乔伊！”康斯坦博说道，“我请求让芒乔伊的理查德爵士作为先锋，前去侦察分叉口的环境。到时，咱们去会会这帮混蛋，看看他们如何逃跑，如何战斗。或许，能把他们阻断在我们身后的河对岸。就让他们呆在那边，再也不能过来烧杀抢掠。”

我立刻就应允了做先锋的差事。不到一个小时，我们就到达森林里看见埃格伯特浅滩的地方。

芒乔伊主人的分析很有道理，此处距离那边的高山和峡谷只有半英里，我们侦察出的结果就是，整个威尔士的部队会向要塞那边全力撤退。那天早上我们的战旗上画有一个幸运的笑脸，实际上，我们早已预知敌人的动向，要准备开始打响战斗，每个人都不能掉以轻心。当我们到森林的时候，威尔士的半支队伍已经越过了溪水，水溅到兵士的衣服和小牛车上，看得出来，他们要在快速流动的溪水中横穿非常费劲。而剩余的另外半支队伍仍然停在河那边，并没有前进。

我们的骑士和重甲兵突然涌现出来，发出高昂的呐喊声，就像把笼子里的猎狗或者野猪释放出来一般。威尔士的领导者见到这种情况，没说一句话，也没有一丝迟疑，大手一挥，威尔士人就迅速就组成了战队。康斯坦博高喊："为了圣乔治前进！"我们的部队以迅猛之势冲下小山，如同巨大的高山滑坡那般的气势，宏伟磅礴，这种场景我以往只在西部看过一次。

父亲和我领着芒乔伊的骑士和重甲兵，紧紧跟着康斯坦博。然后是杰弗里爵士带领卡尔顿和特拉莫尔所有的骑士，以及蒙特默伦西的莱拉尔率领的一百名长矛骑兵。父亲下令让塞德里克弗领六十名弓箭手，紧贴他身后，他们是组成战线中的第一批弓箭手，位置就处于重甲兵之后。康斯坦博的整支庞大的军队倾泻而下，运气不好的威尔士人立刻被冲散成了两个部分。

我们的攻势如此迅猛，威尔士再次迅速调整了对他们有利的队形。面对我们，他们拼命攻击，可是整个战斗却没有技巧可言。这群乌合之众同法律授权的正规军队打斗，显得非常辛苦，非常艰难。事实上，如果他们发出任何休战的声音，我们都会暂停战斗，毕竟正面战斗时，他们发出的惨烈尖叫声，让我们听得胆战心惊。

他们用的最多的武器看起来是剑和狼牙棒，还有长矛和战斧，这些沉重的兵器根本不适宜在战场上战斗。另外也有弓箭手，可是他们用的弓长度不够，不能在较远距离射中敌人，根本没有力量和我们英国森林人的弓箭抗衡。

水溅到兵士的衣服和小牛车上，看得出来，他们要在快速流动的溪水中横穿非常费劲。

他们发出的箭雨，击中我们盔甲的感觉就像是一只只小麻雀撞过来，叽叽喳喳根本起不了什么作用。

我们的长矛骑兵冲进这群乌合之众的队伍，战马随意踩踏着敌人的尸体。跟着，我们又从四面八方展开了攻击，地上的人即便是幸存者，也都受了致命的重伤，但是他们仍然挥动着剑、棒、标枪，反复向我们进攻。

我们对他们战斗的技术和武器都不屑一顾，而且，他们既没有衣服或锁子甲帮助他们保护身体，也无法阻抗训练有素的战士。我们上百人的重甲兵及骑士将他们逼回到河岸，我认为眼前的胜利，已经是轻而易举的事了。

别忘了，威尔士还有一半的部队停在河的对岸，由瑞斯自己亲自指挥。他试图让这些部队再次进攻，对我们实行内外包抄。他们甚至以为自己就快要成功了，完全没有料到芒乔伊塞德里克率领弓箭队紧紧跟在我们身后，从我们身体之间，向威尔士人发动了猛烈的袭击。他们的弩箭手很快就被搅晕了，不管是向着朋友还是敌人的方向，到处乱射一通。威尔士人忙着往回撤退，塞德里克看到他们就要进入更远的河岸后，立刻下令要求芒乔伊的弓箭手转向左边的战场，朝向另一个方向发动箭雨。

康斯坦博主人，看到了我们操作的过程，马上下令要求其他弓箭手领导人都照着芒乔伊的战术进行。不一会儿，河里全是成片成片的箭矢，水流竟然都被死了的人和马阻断了。很快，渡过河的威尔士人骑着马迅速地往回逃跑，而剩下的没能过河的则退回到相对安全的地带。

现在，河对岸的战斗结束很久了。打斗和高喊的威尔士人越来越少，我们的骑士用剑和长矛还在继续地砍杀剩下的敌人。很快，威尔士起初占领此处河岸的约一半武装力量，已经被摧毁和打散，我们的军队横跨大河，继续追歼瑞斯和他的残余部队，这些人骑着马拼命地往高山的西部逃窜。

实际上，在这场追歼中，我们的马毕竟负重经过了长途跋涉，比威尔士的马疲惫得多，所以能够把敌人追歼到埃格伯特浅滩已经算很不错了。我们

的敌人，放弃了战利品，往回逃跑。他们跑向浅滩和狭窄的山谷中间，这里有个入口，从这里可以进入到大山里面。如果到了那里，地形易守难攻，他们能更有机会安全撤退。为了全歼他们，三点钟的时刻，我们纵列行进，誓把敌人全部消灭干净。

没做任何停留，我们在多石的小路上追了一英里，又一英里。然后看见山谷里的这条狭窄的通道，它的两边都是高高的岩石墙。看得出来，威尔士的军队刚刚才从这里跑过，留下了一百人来阻止我们继续前进。

我们的领导者对这种关键时刻的战术，自然是心知肚明。他暂停主力，派出弓箭部队。长弓箭手由芒乔伊的塞蒙统一领导，十字弓箭手由塞德里克领导。很快，通道处的防守兵就射出了如云团般大量的箭雨。他们躲在大树和岩石中间，选择了最佳的隐蔽。箭矢太多了，就像暴雨一样下个不停，把通道的每一个缝隙都射得严严实实。差不多半个小时后，威尔士最后一群守卫被杀的杀，逃的逃，我们这才重新开始前进。

康斯坦博留下两百个重甲兵和弓箭手，在一个富有经验和值得信赖的骑士盖·般尔迪斯顿的带领下，在后面为我们守卫通道。这一天快要过去了，太阳已经开始下山，光芒从山的背面射出来，照耀着西方。这里四处生长着橡树和冷杉，峡谷的另一边则遍布着巨大的岩石，绝对是利于伏击的好地方。于是，我们前进得非常缓慢，让侦察兵或前，或左，或右，排查敌情。

好运随着太阳为我们展开笑脸开始，跟随了我们一整天。但是现在看来，它似乎要选择离开了，我们沿着瑞斯和他的剩余部队逃跑的路线，走了约一点五英里的岩石路。但是头上厚重的云层压顶，雷声轰鸣不止，大雨随即倾盆而下。黑暗很快笼罩着我们，我们不得已停了下来，以免在树木和岩石间迷失了方向。在那儿，所有人浑身湿了个透，又冷又饿，一天的骑马战斗也让人筋疲力尽。我们搭起了营地，打开袋子里的食物吃了起来。考虑到威尔士人可能会在夜晚偷袭，康斯坦博主人设置了双重的哨兵线，我们这才稍微得以休息，每个人脱下湿答答的衣服，直接在草和叶子上睡了过去。

我睡得非常沉，直到一个小时前才被叫醒。我看见本来围绕在身边黑色的浓雾，在清晨的光线下开始渐渐变灰。又吃了些面包和肉干后，康斯坦博派遣了两名骑兵去向通道处的盖·般尔迪斯顿报信，然后要他们再带着回复的消息来沃林汉姆与我们会合，我们要在那里继续追歼敌人。

半个小时后我们重新出发，康斯坦博明确了方向，我们继续前进。

这时，我们的传令官回来了，有人形容他们，虽然是以最快的速度往回赶，但是他们伏在马背上搂着马脖子骑马的样子，像是在害怕随时可能会从岩石和树林间飞出箭矢，这样的姿势确实不像一支连连取得胜利的部队的战士，倒更像是个只顾逃命的逃兵。

不一会儿，他们就同我们会合。他们的马在颠簸的多石小路上狂奔后，气喘吁吁，最前面的骑兵高声朝领军者喊道：

“噢，我的主人！盖爵士和他的将士都被杀害了，威尔士人重新折返了回去，我们经过艰难的逃跑才得以回来。”

康斯坦博骑在高头战马上，皱起眉头，盯了传令官很长时间。接着他厉声问道：

“你们看见的时候有多近？”

“我的主人，我们骑入了他们的箭程内。当时很黑，而且有浓雾，我们不知道前方是什么。走近了才看见通道里全都是威尔士人，他们举着骷髅头的徽章旗，就像我们昨天迎战的部队所举的徽章旗。”

德兰西看了一眼康斯坦博：

“我的主人，竟然会发生这样的事？我们是回去袭击还是继续往前呢？”

“我们必须往前，我的主人，而且要快！”芒乔伊主人回答，“我们不能在通道处对抗这样如传令官描述的军队。毫无疑问，他们埋伏在悬崖峭壁上，很轻易就能摧毁任何一支部队。”

“我们看见悬崖峭壁上起码有好几百人。”传令官插了一句。

“但是，要是我们继续往前又怎么样呢？”康斯坦博问，“我们清楚前方的路吗？”

“是的，我的主人。”父亲回答，“几年以前，我曾经利用老鹰行猎，正巧骑马路过这条峡谷。这里有另一条通道，叫做‘鹰之通道’，在西边九英里处。它比其他的道路都要宽一些，如果我们加速赶到那儿，瑞斯就很难集结部队对抗我们。因为在那里，有一个非常不错的峡谷叫‘欧文’，向下方走约十个小时的烂路，我们或许就能再次集合大部队。”

康斯坦博主人低头看着地，思考了一会儿，然后抬起头讲话，周围的人都可以听见：

“我的主人们，这些威尔士强盗在对我们挑衅。他要引诱我们进入山谷，关上门来攻打我们，就像诱捕熊和狼一样。看起来，暴雨给了他休息调整的机会。毫无疑问，昨晚他恢复了不少元气。现在，趁他把我们关起来之前，我们去另一个关口候着他吧！前进，为了圣乔治！”

所有人开始小跑，一个多小时后，我们放慢了脚步。这里是一段小路，一边是山，一边是悬崖，我们时不时看见山上有石头小屋，还有威尔士人放牧的草坪。但是这里的一切都显得异常安静，烟囱里没有一丝炊烟，更别说见到一个女人或孩子。

太阳已经出来一个小时了，狭窄的峡谷出现了。我们已经可以清楚地看见鹰之通道。事实上，我们中任何一个人都清楚，要是能从这场征战中活着回去，必会受到所有圣徒和战士的青睐。瑞斯的军队矗立在我们前方，在狭路上整整排了二十排，有一弗朗宽。第一排是长矛兵，他们举着木柄的下端，一头放在地上，大概有马的胸部那么高；然后是国王和他部族首领的儿子们，穿着甲胄的重甲兵等；再后面，是持标枪的战士；最后，是他们的弓箭手，全都已经搭好了弦，准备随时开弓。

威尔士部队的旁边是多石的高山斜坡，上面灌木丛生，生长着橡树和荆棘，地形对他们非常有利。毕竟两边悬崖的中间，马是不能行走的。而两边的道路都非常狭窄，甚至不时有断裂之处。这些悬崖边，长满了石楠花，遥远的山顶上还有白雪覆盖，景色倒是非常漂亮。

不一会儿，我们的战士迅速排列成战斗模式。盔甲骑士作为先驱，排成两列，后面是紧紧跟随的三排重甲兵，弓箭手没有在队伍当中，不过有十二个骑士和一百个重甲兵由芒乔伊主人率领，组成后卫，以免威尔士的其他部队从后方袭击我们。由于杰弗里爵士和我在浅滩处表现得异常英勇，受到康斯坦博主人的称赞，现在率领芒乔伊的部队行进在他右边，卡尔顿和特拉莫尔的杰弗里行进在他左边。

不一会儿，激烈的战斗打响了。想起河边惨烈的战斗，不禁让人有些胆战心惊。敌人这时虽然处于有利地形，但我们的许多盔甲骑士不断刺穿威尔士长矛骑兵的身体，他们的骑手跌倒在地上，又被后面蜂拥而来的马蹄践踏，或是被标枪和剑再刺上几次，战场惨不忍睹。长矛兵的方队已经被破坏了，其他骑士和重甲兵陷入一片混战。剑和标枪发挥着巨大的威力，在最短的时间里，数百的敌人被消灭殆尽。康斯坦博在那天带着一根巨大的狼牙棒，这是一根柳木杖，在战场上不停地挥动。他的样子看起来更像是受到异教徒爱戴的主。

现在，我们每一个骑士或重甲兵就能扳倒两至三个威尔士人，一些被骑士的剑刺倒在地的蛮族之人，当我们骑过的时候，他们顺势用剑和匕首往我们的马身上刺，以致许多马受惊，骑手滚落下马，混乱中被马蹄踏伤。以往许多的混战中，地上骑手不是战死，而是这样被活活踏死，让人唏嘘。敌人的弓箭手和标枪手对准我们的脸和脖子射击，虽然大部分射偏了，但也确实造成了一些致命伤。

结束完一场打斗，马上又换下一个。这段期间，我不知道会发生什么，不停地冲突，不停地杀人，根本无法计量。我们的人数在急剧变少，到处横七竖八地躺着尸体。而威尔士人却像没有减少一般，还在浴血奋战。显而易见地是，他们在班师回朝之前，更愿意杀光我们所有的人。蒙特默伦西的莱拉尔和他一半的将士阵亡了，邓伍迪和他的兄弟以及继承者威廉姆爵士也阵亡了，康斯坦博主人自己受了伤，身上到处都在流血，在混乱中他被一个强壮的威尔士人从马上拽了下来，卡尔顿的杰弗里爵士立刻奔过去护卫，现在他们两人背靠背，拼命对围过来的敌人进行殊死搏斗。

突然，我看见一个威尔士人在我们前面连连挥手示意撤退，我脑海里闪过一个念头，抬头一看，果然十字弓箭手朝他们发动了攻击，对准他们数百人进行射杀。我望望箭矢来的方向，果然看见芒乔伊的塞德里克和他约五百人的十字弓箭手隐蔽在右边的岩石中，用最快的速度扣弦射箭，让敌人无处可躲。很明显，塞德里克把他的将士分散开来，在悬崖侧面的各个地方，从不同方向射杀敌人。

然后，我看见一个敌人的身影，仓促中他叫最后一排的战士跟着他。这是瑞斯的儿子格拉法德，他想带着这队人去反击我们的弓箭队。他们往悬崖上面爬去，十字弓箭手朝他们发出致命的连击，他们躲闪不及，大概二十人从悬崖上滚下来，狠狠地摔了下去，只有十人左右攀上去，抓住了我们的弓箭手。这其中，格拉法德拿着一柄剑刺过去，被塞德里克用弓挡到一边，他的腰被塞德里克一把抓起，举起来，狠狠丢下岩石。

格拉法德死了，我们的战士高声欢呼起来，势头压过了威尔士人。塞德里克指挥弓箭队射出连排箭矢，给敌人造成了致命的袭击，阻挡在我们身前的敌人，逐渐被一一解决。威尔士人发出了吼叫声，先前是胜利的欢呼，现在却变成了痛苦的嚎叫。他们数百人丢盔卸甲，开始逃窜，速度一个比一个快。很快，我们面前的小路上全是挤着的逃命者，只有很少的一部分战士仍在继续战斗，他们的选择是不成功便成仁，即便要死也光荣地战死在战场。

格拉法德拿着一柄剑刺过去，被塞德里克用弓挡到一边，他的腰被塞德里克一把抓起，举起来，狠狠丢下岩石。

面前的通道开阔起来，我们暂停，原地休息，没有继续追赶往山石和丛林深处逃跑的威尔士人。我们草草地集合部队，对伤员进行了护理。然后又重新整编，沿着峡谷，去跟大部队会合。去的地方是阿瑟·克拉伦登爵士为国王修筑的温德利要塞。

当月亮在夜晚升起的时候，高·康斯坦博主人站在温德利的庭院里，周围全是这次征战中各处城堡的主人或爵士。他的伤口已经得以好好包扎，但是由于白天失血过多，加上疲倦，整张脸显得苍白，所以朋友们都劝他好好休息。可是他明确说有个提议，需要大家洗耳恭听。还把卡尔顿年轻的杰弗里，我，还有我的随从塞德里克，召唤到面前。

“跪下！”他严厉地命令，我们三人默默地遵守。然后他抽出剑，用剑端在年轻的卡尔顿主人的肩膀上触摸三下。“起来，卡尔顿的杰弗里爵士，”他说道，“我授予你骑士的封号，从今往后要记住，你必须坚持做一位忠诚、真实、英勇的人。”

然后也对我进行了同样的授权仪式，封为了骑士。

最后，让我大为吃惊的是，我听到这样一段话：

“起来，塞德里克·德·拉·罗查爵士，我授予你峭壁骑士封号，你在峭壁上英勇的一战如同雄鹰一般扭转了整个战局，让我们取得胜利。从今往后要记住，你必须坚持做一位忠诚、真实、英勇的人。英格兰需要你这般坚毅的战士，永远对狮王之心的理查国王效力。”

第十一章　金伯利的护城河

通道战役之后，我们在芒乔伊静静地呆了三个月。理查国王乘船去了伟大的圣战之地，留下他的兄弟阿瑟做了摄政王。整个英格兰的人民，不管是贵族还是平民，觉得相比于老亨利而言，法政严苛得多。而且，阿瑟·兰克兰德的儿子，贪婪得像只硕鼠，什么都要，到处搜刮民脂民膏。许多高大的建筑，如教堂或议会厅，里面的大多数人都得到他的喜爱，令人感到悲哀的是， 他们几乎都是为了金钱和荣耀向他拍马屁的。这些人无时无刻不在祝愿主人万寿无疆，还积极推行他的新政。警长和地方官都助纣为虐，老实人和率真的人在这样的统治下过着异常艰难的生活。

芒乔伊和他的朋友及盟友，特拉莫尔的卡尔顿，最近常常讨论时政。我们在西部征战中表现得英勇又顽强，受到理查国王的重视，但是我们也注意安抚士兵。所以向部分伤重残兵无偿赠与土地，在这个动乱的国家，得到土地意味着至少可以维持生活。

塞德里克爵士，我们为他新得的身份感到很高兴，他现在是芒乔伊管理机构的高级委员，我父亲特许他可以同我一样讨论严肃的时政。芒乔伊女主人非常愿意花费大量的时间教他作为骑士和领导者的宫廷礼节和知识。不过处于这个国家偏远的西部，学到的东西肯定不如中心地区。但在阅读书籍上，她惊讶地发现，塞德里克的知识很快就超越了她。塞德里克的一个叔叔是柯

克沃德大教堂的传教士，是著名的拉丁文学者。过去一年，塞德里克曾数次去大教堂，甚至我们也邀请本尼迪克神父来芒乔伊居住了一个多月。这段期间，他们努力钻研让我觉得头疼无比的古书，这些书尘封已久，上面满是灰尘。在我们第一次接触的时候，塞德里克竟然可以流利地阅读上面的拉丁文，而我这个门外汉没见过，也没听过。历史和编年记录对他而言就像好酒好肉，他常常把头埋在书本之间，甚至忘了吃饭，非得我一声又一声地叫他。

他并不是个沉闷的书呆子，而是整天精力充沛和兴高采烈的小伙子。我俩进行摔跤比赛，他常把我摔在地上，压在我背上几分钟。在剑术上，我一直比他优秀，但是他在十字弓上的造诣几乎无人能及。即使是最年长的神箭手，技术也难及他。可以说，他是英格兰最强的神箭手，这个名声已经广为传扬。我发现很多陌生人慕名来到芒乔伊，他们都是听说了我父亲以及我们尊贵的先祖的事迹，想来学习。当然，这些事迹中也包括塞德里克爵士也在这里为芒乔伊效忠。

但是我认为有件事让我倍感温暖，我这位忠诚的伙伴在战斗中表现得非常不错，芒乔伊主人给他特权，让他带领军队完成重要的任务。包括做农活，开辟通道，甚至与剑手和弓箭手一起，侦查掠夺者威尔士。虽然塞德里克出生在一个低贱森林人的小房子里，但是他天生有傲骨，又有难能可贵的自信，取得如此的成绩，无怪乎能够被赐予头衔。但是，由于他自己的请求，芒乔伊的弓箭手和重甲兵跟他说话时没有使用礼节，仍然把他当成普通的兄弟伙伴一般。而他自己，也从来没有因为有了头衔就高高在上，反而虚心听取年长者的意见，在打扮上，依旧经常穿着土里土气的灰色衣服。他没有忘记自己在佩勒姆森林的小屋，那里住着他的老父亲和两个小兄弟。自从他在芒乔伊城堡里定居后，每隔一个月，他都要回去看望他们，带去所得的全部奖赏。

一个秋天的夜晚。塞德里克从家里探望回来了，心情显得极度郁闷，这样的表情还是上次他同我父亲争论德兰西庄园的时候看见过。晚饭期间，他一句话也没说，饭也吃得很少。我的女主人母亲有些紧张，以为他病了，因为我们都知道他是一个食量很大的人，而且刚刚从浓雾天气中疲倦地回来，应该吃得更多才对，他礼貌地回答没什么，这才打消了她的顾虑。可我知道事情远非这么简单，于是跟着他回了房间，他的脸埋在手心里，我走过去，这个朋友开始倾诉。

“理查德爵士，”他悲哀地说，“你有这样的经历吗？有些混蛋为了报复，编造谎言把您的朋友关进地牢里？”

“没有。”我迅速回答，“我尽量回避那些恶魔，尽管我知道这些事非常普遍，许多关在那里的人都经历过同样的噩梦。”

“我有一个朋友就是那样。”塞德里克回答，“现在我绞尽脑汁想知道有什么方法可以救他。他叫威尔弗里德，是博肯黑德一个农民的儿子，是我的幼年玩伴。我一直记得，我跟他一起打猎、抓鱼，甚至和其他人打架。小时候，我不小心滚进塔尔顿河里，正好腿抽筋，往里面沉了两次，差点没命，是他把我拉了上来。而且，他的长弓技术非常不错，几乎和我父亲一样，比我认识的任何一个年轻人都要好。我正准备把他推荐给芒乔伊，可是现在没有机会了。”

“有人抓了他吗？”

“是歪嘴鼠眼的混蛋巴道夫，他最近当上了国王的地方官，负责重建金伯利城堡。”

“他抢劫了什么被抓起来了吗？”

“不，是巴道夫为了报仇，故意陷害他的。几年前，我们年龄还小时，年轻的巴道夫是罗斯韦尔监狱长的儿子。有一天，他和几个同伴骑马穿过伯肯黑德，威尔弗里德碰巧遇见了巴道夫一行人，就站到路边看着他们经过，巴道夫见他没有行礼，劈头盖脸朝他大声辱骂。威尔弗里德有些激动，一时气不过，冲过去把他拽下马来，让他滚了一身的泥，所以巴道夫非常狼狈地回了家。这件事过去太久，他一直没有机会报仇，可是现在，机会似乎来了。巴道夫现在被授权负责金伯利的工事，阿瑟王子计划扩建和加固这个要塞，并且想在里面囤备大量驻军，于是需要很多头牛去搬运石头和木材。我们现在不是战争时期，所以工事并没有建造得很急迫。巴道夫从附近的农民那里强行抓来了一些马和牛，行为就像是苏格兰和威尔士在我们边界上做的那些一样，然后还去博肯黑德抓了些母牲口去配种。”

“但是博肯黑德离金伯利整整十五英里远啊。”

“是的，完全没有必要。这种行为完全是出自恶意。听说，一百多个农民去了城堡，他们甚至想用自己换回他们的牛，因为现在是农忙季节。你知道，今年雨水少，如果农民不快点收割的话，等到下雪，没收割的粮食就糟蹋了。当时，威尔弗里德正好在把牲口进行分类，他把壮年牲口用去收割粮食，配种的牲口拴到一边，直到春天才让它们劳作。另外，还把农作物堆进了谷仓。结果，巴道夫的两个兵士不由分说，过来架住威尔弗里德，强行要求他把这些牲口全部上交。”

“太可恶了！我要是当时在那里，一定得好好教训他。”

“是啊，完全没有必要！威尔弗里德一想到要牵走他全部的牲口，立马就怒了。他是个直肠子，大吼了几声，还挣开了两个兵士，朝地方官冲过去。那个时候，他避开了地方官朝他刺来的一剑，想把地方官从马上使劲拽下来。先前的士兵过来把他拉开了，但是巴道夫的鼻子被狠狠揍了一拳。”

“噢，上帝啊！要是所有的地方官这样统治国家，英格兰会战而不败的。威尔弗里德如此勇敢，真该把他收入芒乔伊的麾下。后来呢？后来又发生了什么？”

“巴道夫从马上跌下来，两个士兵急忙过去扶住了他，接着把威尔弗里德掀翻在地，还把他绑在马背上鞭打他。他们把他五花大绑，押着去了金伯利，我朋友身上的血都快流成小溪了，还得忍受难听的咒骂。邻里的乡民说，听到巴道夫一遍又一遍地发誓，说不会让威尔弗里德活着离开伯肯黑德。”

“天哪！”我叫道，“难道没有人阻止这样的残暴行为吗？他现在指挥金伯利，不过是因为真正掌权的地方官去了北方。”

塞德里克悲伤地点点头。

“是这样的。他虽不敢把威尔弗里德公开处死，可是能在牢房里饿死他，再对外宣称他死于疾病。就算地方官回来了，我怀疑他也不会去调查威尔弗里德的真实情况。你知道，整个英格兰有无数的牢房，里面关押着多少善良无辜的人，他们其实根本没有犯过罪。”

“我当然知道。甚至很多徇私枉法的监狱长，他们为了一己之私，秘密处决了很多人。唉，我们生活在一个悲哀的世界，塞德里克，但愿通过我们的努力，可以把它改造得好一点。”

塞德里克有些激动地看着我，眼睛闪闪发亮。

“理查德爵士，如果你愿意帮助我，我们可以救出那个不幸的人。我有一个想法，我们去金伯利的高墙里把威尔弗里德救出来。”

“帮助你？我非常乐意。如果能顺利实现，我非常愿意助一臂之力。说吧！”

“我是这样想的，”塞德里克飞快地答道，高兴的泪水在眼眶里转个不停，“今天在父亲的小屋里，一个从金伯利来的人告诉我们威尔弗里德并没有被关押在城堡的地牢，因为地牢现在正在改建，不方便关押。他被关在塔顶一个隐蔽的阁楼，离护城河大概有四十八英寸高。阁楼窗户没有木栅，因为原来并不是用来关押犯人的。这个房间由于挨着护城河，外面的墙壁很陡峭，如果有人不幸掉下去会必死无疑。它的底部有一块很宽的大岩石，可以利用它跃上窗户。但是需要一根结实的绳子……”

“可是他从城堡攀下去的时候，一定会被城堞处的哨兵发现的。”

“我会选在没有月亮的夜晚进行，利用哨兵巡逻之后，短时间内不会回

来的这个时间段，那时是搭救的最好时机。这是铤而走险的一件事，但是相信我，理查德爵士，我们一定会成功的。我已经侦查好路线，准备了绳子，并准备把我们的消息传递给监牢里的威尔弗里德。你知道吗？过去二十年的时间，金伯利外面长成了一批大树，它们很好地隐蔽了这个城堡，所以才被当作要塞。加上外面又有一条护城河，刚好在阁楼的对面。我们可以先在那儿藏着，再看准时机竭力营救。明天晚上就是个没有月亮的夜晚，您还有什么要说的吗？”

第二天中午，被威尔弗里德打坏鼻子的巴道夫由于一些不得不做的差事，骑着马从金伯利离开了。这时，一位身强力壮的老修道士，手臂上挎着一个篮子，穿着衣袂飘飘的长袍，带了一顶硕大的斗篷帽子，这帽子将他的脸遮了个严严实实。他站在金伯利的大门口，要求见见囚徒威尔弗里德，安慰他，并带去朋友们为他准备的食物。可是，巴道夫出去之前打过招呼，不允许任何人进去探望，所以刚开始的时候，门口的守卫一口回绝。这位修道士便引用了大量与神父相关的文章，口若悬河，来表明自己肩负的责任。他说他有义务去探望这名可怜的囚徒，而且夹杂了很多拉丁语来解释。守卫很快被搅糊涂了，放了他进去。但是不允许带篮子。因为巴道夫有严格的规定，任何人都不能给囚徒送食物。守卫领着他上阁楼楼梯，打开了沉重的橡木门，让修道士进入关押犯人的房间。

过了十五分钟，修道士离开了，带上了放在大门口的篮子，并留下了腰带，向守卫表达了最忠诚的祝愿。对我来说，我在墙外一弗朗的地方，紧张地观察着金伯利庄园里的一举一动。看起来他的脚步迈得稳稳当当，从他走进城堡到从吊桥处回来，我悬着的心才放了下来。可以证明，城堡里没有专人在监视罪犯——不管怎么说，修道士此行并没有受到阻挠，他从庄园里出来，既没有看左边，也没有看右边。

我悄悄跟着他走了半英里，进入茂密的紫杉林。借着树林的隐蔽，塞德里克脱下修道士的长袍，把篮子丢到地上，郁闷地看着我。

“理查德爵士，”他难过地说，“博肯黑德的威尔弗里德已经在塔顶关了三天三夜了，巴道夫一点食物都没有给他，想把他活活饿死。”

“太可恶了！”我咬牙切齿地说，“可怜的威尔弗里德一点都没有做错，真该打断巴道夫的头盖骨。”

塞德里克的脸由于痛苦和愤怒显得有些扭曲，他痛苦地往地上跺脚。接着，从篮子里拿出一个巨大的肉馅饼，本来他是想把这个带给威尔弗里德的，可是没有成功。他把肉馅饼举起来摔在地上，使劲击打，没几下就散成了很多块，里面露出来的并不是果酱片或鸡猪肉，而是包裹得很紧的一根绳子。

“我本是想把它藏在胳肢窝带进去的，”塞德里克喘着粗气说，“他们为威尔弗里德准备的床是稻草堆，藏在里面很难被人发现。可是我们没什么好运，计划可能会随时遭遇变化。在我上阁楼楼梯的时候，突然有了新计划，和威尔弗里德讲过了，他很赞成。不过不敢保证一定会成功，但至少是个希望。”

“我们必须等到明天从城堡的那个危险口进入吗？”我问道，“说不定，巴道夫会碰巧从那里进城堡，而不是选择大路。”

“不。我们今晚就行动。”他慢慢回答，“时间紧迫，威尔弗里德现在太虚弱，已经不能自己逃跑了。马塞尔告诉我他在九点钟把马准备好，会一直等到黎明时分，供我们逃跑。现在，我想把绳子换成钓鱼用的细线，把它裹成一个球，半夜利用它进行搭救，不过到时候，动作一定要快。”

晚上十一点，塞德里克和我已经在树下潜伏好，这儿离城堡的护城河距离十码，对面就是关着博肯黑德年轻的威尔弗里德的房间。我们旁边的地上，摆着线球，它非常有韧性。现在塞德里克带着十字弓，箭端死死绑着线头，他专心致志，准备扣弦射箭。

天空里堆积着厚厚的云层，连星星都显得暗淡无光，月亮更是踪影全无。

挨着护城河的城堡高墙在黑暗中显得模糊不清，不过我们可以进行辨识，因为塞德里克慢慢地绕着城堡边缘计算过。他目光严峻，手里的箭头泛着冷光。此处距关着威尔弗里德的地方大概有二十英尺高，那里是进入新鲜空气的窗格。

塞德里克跪下来，他紧盯上面，当哨兵巡逻之后，温柔地发出猫头鹰的叫声。紧接着，一团物体准确无误地在黑暗中进入了房间窗户。塞德里克站起来，仔细辨认着，确保他的箭射入了房间。但是很可惜！一拉绳子，就松了，它从我们头顶的墙上掉了下来。声音惊动了哨兵，我们连忙在阴影处蹲下，幸好哨兵并没有来阁楼这边，我们这才松了口气。

塞德里克绑好细绳，重新开弓。他悄悄地对我说，应该这样才能把绳子缠得更紧。如果这一次还是松了，他就换弩弓射箭。

现在，哨兵又过来了，我们静静地等着。当他巡逻完走后，塞德里克把武器搭在肩膀上，做好准备，此时我的耳朵在也处于高度集中的状态。可是很快，我的心又沉了下去，我听到铁器击打在阁楼石头墙壁的声音，塞德里克第二次又失败了。

哨兵再次听到了声音，急急忙忙跑到阁楼的城堞处，仔细往下面侦查。但是一切显得那么寂静，他什么也没瞧见，过了一会儿，还是离开了。

塞德里克再次准备射箭的时候，又悄悄对我说：

“我这次准备好了。刚才掉下来是因为往上射有弧度，我的箭差了一码，所以我必须要朝着窗户更高处射过去，第三次不能再失败了，否则那边的哨兵一定会认为有问题。”

他拿出弩箭，更加仔细地绑紧了线头，进行第三次尝试。这一次是幸运的，一箭射去，直接射入窗户，并紧紧地钉在里面的橡木门上。看起来，城堞处的哨兵也没有发觉出任何异样。我们屏住呼吸，仔细听着，上面没有任何哨兵过来的脚步声。然后，我们又试了试从阁楼上垂下来的绳子是否固定得够紧，接着拉着绳子，游过护城河，向塔楼爬去。

塞德里克和我高兴地握了一下手，我们翻过窗户成功看见要搭救的威尔弗里德。没有时间了，我们要把他从窗户放下去，游过护城河，到达褐色灌木林里拴马的地方，只有这样，才算成功地把他从金伯利救了出去。

哨兵又开始巡逻了，不管怎么说，他们离我们只有六码远。威尔弗里德从窗口边，双手交替一节节地抓着绳子从石壁下去。谁也没料到，坏运气正等着我们。他在绳子上摇晃得厉害，用脚探着墙壁上突兀出来的一点石头，结果头盖骨那么大的石头是松动的，我们三人眼睁睁看它掉下去，掉在护城河里，发出很大的声音，还溅起一大片水花。

哨兵被响声吓了一跳，往下看了一阵什么都没发现，便急急忙忙朝阁楼跑来。这下发现囚犯刚好爬下城墙，跳进了护城河。

这个哨兵是个训练有素的战士，或许以前在将军手下效力，所以马上做出反应——先是拉响尖啸的警报，又立刻折回来，把囤积在城堞处用来对抗围攻者的石头，不停地往护城河里砸。

河水的表面很暗淡，我看不清带领方向的塞德里克，由于巨大的石头投掷在我们周围，相互之间也无法沟通。才过去一分钟，我觉得全身的血液凝固了，四肢僵硬起来，只能像只疯狗一样乱刨。石头一个接一个地丢进漆黑的水里，守门人打开大门放下吊桥，士兵出来沿着河岸仔细搜索。

我脑子里一片混乱，但是看见塞德里克游过来了，就跟着他游到河水的一处边缘，在黑暗中他使劲把我拽上护城河岸。紧跟着他又跳入水中，仔细地在水下搜寻，当他再次浮出水面时，他努力地用一只手划水，另一只手托住了他的伙伴。他们一游过来，我抓住了他们，使出全身力气往岸边拖。塞德里克翻身起来，和我一起把威尔弗里德拖上了岸边，这里离小树林只有一半的路程了。可是，就在这时天空中吹过一阵阵呼啸而过的风，我亲眼看见威尔弗里德被城堞上推下的石头砸中了脑袋。塞德里克发出痛苦的哀号，他

跪在朋友的尸体旁边。

塞德里克站起来，朝着要塞把拳头捏得“格格”作响，可是现在不能再呆下去了。到处都是搜索的士兵，我急忙抓起他的袖子。

“塞德里克，快跑！我们的朋友已经死了，我们得快走，不然也会被杀死的。”

他看向我，脸上如死灰般苍白。这一刻，我以为他会拒绝，所以死死抓住他的手。他从悲痛中抬起头来，让我跟着他赶快跑进树林，往一弗朗外的灌木篱墙飞奔，这才把追踪者甩到了后面。

大概半个小时后，我们到达跟马塞尔约好的拴马地点。一路上，我俩都没说话，甚至沉默了数个小时，心里压抑得难受。塞德里克坐在我前面，把自己和沉闷的心情都裹在紫貂衣里。道路崎岖又难走，秋收的田野上，丰硕的果实香气和风吹的婉转哨音根本无法安慰我们失去朋友的心情。当太阳从鱼肚白的天空和浓雾峭壁中渐渐升起，我们爬上了罗恩山，看见了芒乔伊的塔楼。

第十二章　铁项圈

我们在金伯利城堡遭受坏运的日子已经是一年前了，现在又是秋天。整个世界还是冲突不断，四分五裂，但是我们一直坚信，终有一天能拥有和平美好的日子。

塞德里克和我在格里姆树林里运动。头顶的天空湛蓝湛蓝的，阳光透过橡树和山毛榉，斑斑驳驳地照映到地上，这里满是秋天的落叶，踩在上面沙沙作响。树梢上，许多鸟儿叽叽喳喳，这是冬天风雪到来之前的一抹温暖。野鼠在枯木上钻钻停停，野兔飞快地跑过，红松鸡在凤尾草里穿来穿去。这样美好的景象和声音，还有林间天然的香气，让我感到身心舒畅。塞德里克的父亲，佩勒姆森林人埃尔伯特，他住在森林里，时不时会把芒乔伊的母牛带到溪水边饮水或高山上放牧。

我的伙伴在鹰之通道同威尔士人的战役中表现得特别英勇，所以在温德利被封为骑士。我们在芒乔伊把他称为塞德里克·德·拉·罗查爵士，这个名字是高·康斯坦博主人赐予他的骑士名字。

高·康斯坦博是所有芒乔伊和卡尔顿人的主人，他直接效忠于西方的国王，帮国王对抗篡权夺位的兄弟阿瑟。国王现在在德国，只要他回来，高·康斯坦博一定就塞德里克在威尔士战争以及其他方面的事迹如实禀报。他还暗示自从詹姆斯·邓伍迪爵士和他的兄弟在通道处的战役牺牲后，格林姆斯比

目前主人的位置空缺，可能会将此作为皇家的奖赏，赐给塞德里克。果然没过多久，国王就召集大臣写下授权信，传令官带着信来到芒乔伊城堡，封塞德里克成为格林姆斯比的骑士，并赐予土地和城堡，得到邓伍迪之前的一切权力。

在什鲁斯伯里的皇家议会上，塞德里克带着他六个重甲兵和五十个弓箭手随从出现了。他的队列里没有骑士或贵族，但是斗志昂扬的姿态比国王其他任何一支队伍都要好。那天，我的心里充满激情，非常高兴，意识到不用等得头发花白，弓腰驼背，现在的塞德里克已经是一个勇敢有头衔的男人了。

我非常清楚，芒乔伊的主人为他感到无比骄傲。他提过，要将他提拔为芒乔伊的领军，成为得力的左右手。不管怎么说，他年轻，有很强的自信心。更不能否认，在我们整个乡村间，他的剑术也威名远播，几乎可以与我抗衡，而且力气也很大，能够随随便便抱起一根齐胸高的大橡木，这个无人能及。

此时，塞德里克·德·拉·罗查爵士和我在格林姆斯比的树林里散步。我们只带了十字弓和短剑，来这里游玩打猎。大多数情况下，森林里打猎都会选择长弓，但是塞德里克从孩提时代起，对十字弓就爱不释手，这是他最喜欢的武器，我也跟着喜欢用。这个时候，他已经在金雀花中射了一只红松鸡，而我捉住了藏在树叶下面的野兔。我们沿着树林的小路行走，一路上快乐大声地交谈。艳阳高照，一路的落叶把我们带入了森林深处，我们享受眼前的美景，没人在意是不是真的猎捕动物。中午时分，我们就地生火，烤了野味吃。

如此美妙的上午，我们时而在褐色的树干中穿梭，时而在林间的小溪边休憩，真是舒服不已。散步的过程中，塞德里克给我讲了一个又一个从编年史书里读来的古老传说，勇敢的骑士在同样的土地上经历过的一场又一场的冒险旅程，当然了，他们也在通道处经过残酷的战斗。我仿佛在森林的土地上看见了他所描述的传说中的小仙子和小精灵，它们在这里四处跳舞，是穿黑袍的巫师的奴隶。

突然，我听到一阵马蹄声。狭窄的小道上，迎面来了两个穿着甲胄的骑马人。原来是吉尔罗伊主人。他管辖着以此命名的大片疆土，大概离此处有六英里。旁边是他的侄子，一个大胖子，约摸二十岁，唤作菲利普斯 · 卡林顿爵士。这两个人的脸都红扑扑的，甚至连他们的马都气喘吁吁的。吉尔罗伊主人一看到我俩，就大声说：

“啊，上午好，绅士们！不错的相遇啊，芒乔伊和格林姆斯比的两位。格林姆斯比主人，我们不得不请求您，让我们在您的土地上搜寻一名杀人犯，他刚从吉尔罗伊逃跑了。”

“你是说杀人犯？”塞德里克问道，“他杀了谁？”

“是西蒙，我的养狗官。发现他的时候他已经死了，我甚至不知道具体死的时间，他的头被棍子打破了。这个杀人犯是我的奴隶，名叫埃里伯特，真是个名副其实的刽子手，竟然袭击了西蒙。看起来是养狗官发现他弄伤了其中最好的一只猎犬，忍不住责备了他几句。他害怕西蒙向我报告，就干脆杀了西蒙。他没想到我在远处看到了这一幕——他骑在西蒙身上下毒手。然后，这家伙立刻往森林深处跑了，现在可能已经离我们很远了。但是就算把整个吉尔罗伊翻个底朝天，我们也一定要捉到他。”

“这家伙脾气真大！”塞德里克爵士说，“我同意您的请求，您可以随意在我的领地上抓他，或者我们也可以试试能不能帮您捉到他，但是他也有可能逃去非法地带……话说回来，怎么认出他呢？”

吉尔罗伊主人笑起来，带着一股阴冷而不是烦恼的语气说道：

“他非常好认。戴着一副铁项圈子，和我其他的奴隶一样，上面刻着他的名字和我的缩写字母。做这个，就是为了防止他们施以暴行后，从我的土地上逃走。就算是逃走，不管逃到哪儿，都能轻而易举地被抓住！祝你今天有好运，绅士！我们要继续追踪了，如果您看见他，请使用您的十字弓控制

这两个人的脸都红扑扑的，甚至连他们的马都气喘吁吁的。

住他。如果您幸运捉住他并带来给我，我会感激您的。快来，菲利普斯，骑在我左边，这里的路不好走，我们穿过那边茂密的树林时，你必须紧紧跟上我。”

塞德里克和我继续往前，谈论着这场追逐奴隶的事件。阳光已经不那么刺眼了，森林里看起来也不像先前那般如被施了魔法，空洞的树干里没有了小仙子和小精灵跳舞的身影，只有耳边，好像还响起传说中头发花白的巫师默温坐在长满苔藓的石头上，用奇怪的口音诉说着骑士精神。

“这个家伙一定会被抓住的。”塞德里克悲哀地说，“即便他逃到非法地带也不行，他毕竟伤害了别人。但是我不知道的是，为什么生活在森林里的人，不能像你我一样无忧无虑。他们的脖子上必须要扣上一副铁项圈，标志着永远都是主人的奴隶或是农奴。我难以想象他们遭遇了多少不公正的待遇。不！他们就像是关在牛栏里的公牛，等待农夫给他们上轭。”

塞德里克停在路中望着我，英俊的脸上露出严肃的表情，就像那次同我父亲争论关于德兰西庄园里的农夫一样。

“干吗呀，上帝都有仁慈之心，塞德里克！”我说，“我看没有必要这样想。这些奴隶适应不了其他环境，他们只能在主人的支配下才能更舒适地生活。”

塞德里克的眼睛一闪一闪，大声地说道：

“看看你现在，理查德爵士！您问过奴隶吗？如果他可以选择，是否愿意拥有自由之身？如果您去问问，就会发现在英格兰，即使有最开明，最温和的主人，也不会有人心甘情愿去做奴隶或农奴。”

“你怎么知道？”我反问，语气犀利，听他的语气，我自己就是那种让他鄙夷的开明主人。

“好好想想吧，理查德爵士！您在芒乔伊没有奴隶，因为您的祖父让他们恢复了自由身。但是当我来到格林姆斯比，这儿有很多人都戴着铁项圈，拴在了这儿的土地上。两个星期前，我一到这儿就解开了套在他们脖子上的铁玩意儿，允许他们随自己的意愿，可以选择离开，也可以留在这里，总之，他们现在是自由人。您知道，他们中有像我们一样的年轻人，也有身强力壮的中年人，还有头发花白的老年人。取下铁项圈的时候，每个人都高兴得流泪，因为这意味着，他们及他们的后代都将会是自由人。当然，他们中陆陆续续有人离开了格林姆斯比的土地，但是承诺，不管我以后参与任何战争，他们每个人都愿意回来无条件为我战斗。我记得解开他们铁项圈的时候，那东西断成两截铁钩，他们脸上激动的表情，我永远无法忘记。你要是看着他们成为人，而不再是牲畜般的生活，也一定不会再有疑问。”

“哇哦！”我回答，“或许正如你所说。芒乔伊徽章旗下收入了很多不错的人，他们都是我祖父解放奴役身份的人的后代。但是我们今天讨论的话题太大了，这样争下去可没有结果。在秋天这干燥的气候里，要不我们就生堆火，一边解决剩下的肉，一边继续讨论讨论吧。”

于是我们就往前走去，那里有座可以休憩的小木屋，是当时邓伍迪和他的朋友在森林里打猎时使用的。塞德里克带着小屋的钥匙，从腰间取下开了门。我们进了小屋，里面干净又舒适，有用斧子做好的桌子和椅子，不错的壁炉，甚至还有配套的悬挂烤肉的地方。

“哈！”塞德里克提高嗓音，“你刚才说什么？我们为什么不在这儿烤肉？而要去林间散步呢？这样干燥的天气，很有可能会给森林引起火灾的。”

“当然，”我回答，“这是今天最好的决定。来吧，你生火的时候我来给野兔撒调料，很快就能尝到鲜嫩的兔肉。”

跟着，我们就开始烤起肉来，半个小时后烤肉就上桌了。我们又从袋里拿出面包和起司，在余火上烤起来，真是一个不错的森林烤肉假期。快乐的感觉又回来了，还和着骨哨唱起了民歌。唱了一会儿觉得有点口渴，塞德里克便起身去房子附近的溪流，看看能否取些干净的水回来。这时，我的眼睛

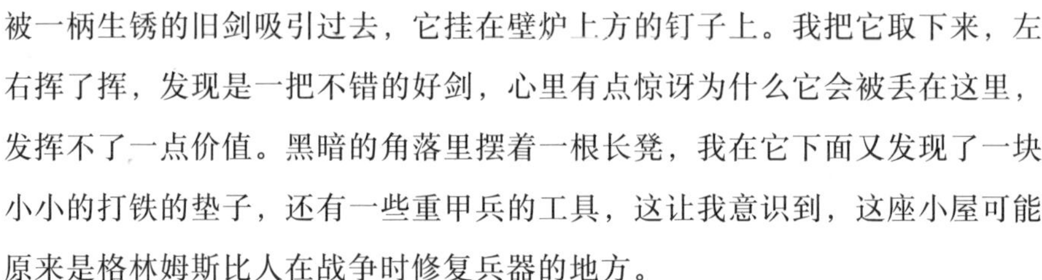

被一柄生锈的旧剑吸引过去，它挂在壁炉上方的钉子上。我把它取下来，左右挥了挥，发现是一把不错的好剑，心里有点惊讶为什么它会被丢在这里，发挥不了一点价值。黑暗的角落里摆着一根长凳，我在它下面又发现了一块小小的打铁的垫子，还有一些重甲兵的工具，这让我意识到，这座小屋可能原来是格林姆斯比人在战争时修复兵器的地方。

过了一会儿，塞德里克回来了，他却直接在小木屋的里屋门前半蹲，盯住里面一处黑暗的地方，就像是猎犬对狐狸穷追不舍的表情。我跟着他蹲下来朝里看。

看起来，里面那个地方是邓伍迪原先用来储存酒肉的地方。那里有一个小小的方形窗户，现在几乎被关紧了，但是仍然有一束光打了进去。本来什么也没看见，塞德里克示了一下意，在一处较远的角落里，不知是桌子还是凳子下面，有一双闪着光芒的眼睛，隐隐约约的，可以看出是人的眼睛。

塞德里克拿出十字弓，把箭扣在弦上。

“出来吧，老兄？”他叫道，“我们看见你了。”

没有声音回答，过了一会儿，我有些怀疑是不是看错了。这时，塞德里克又叫道：

“出来，否则我要给你点儿教训尝尝了。”

这时，黑暗里发出一声低低的叹息声。里面响起声音：

“你射吧，我不在乎。”

“你说什么？”塞德里克说，“你难道没看见我能用箭射穿你的头吗？”

“射吧，或许这样还好些。”

塞德里克转向我，他的脸上写满了惊讶。

“你听见了吗？这个人竟让我们射死他？”然后，他迅速把十字弓塞进我手里，“别轻易让悲剧发生，一定有些事是我们不知道的，我要把它弄清楚。”

“小心，塞德里克，”我叫出来，“当心他刺你。”

但是我的伙伴已经进入了黑暗小屋。他冲到桌子底下，像一只准备捕食的猎犬，猛地一把抓住这个男人。可是他反抗起来力气很大，像头被逼到绝境的恶狼。在那一刻，我注意到他的颈脖上有一个铁项圈，马上意识到这个人是吉尔罗伊的奴隶埃里伯特。

一圈又一圈，他们扭打着进行搏斗，我在一边干着急，一点儿忙也帮不上。过了一会儿，他们打出了先前藏身的小房间，在整个木屋里疯狂地拳打脚踢。这个奴隶试图挣脱捕捉他的人，想要跑出房门，朝森林逃跑。

发现了不可能之后，他又试图做出另一个努力，就是把塞德里克举起来，狠狠地摔到地上。如果不是我加入进去，看起来他就要得手了。塞德里克在我的帮助下一个翻身，把他掀倒在地，接着，又把他翻过来，用膝盖顶住他的胸口。

“现在，投降吧！”塞德里克喘着气说，“我可以轻易杀了你。”

“那就杀了我！”他也喘着说，“总比吉尔罗伊主人给我挂个铁项圈，或者吊死我好些。”

“哈，你是谋杀了养狗官的埃里伯特？”

“我不是谋杀者，那不是我干的。可是吉尔罗伊主人一气之下会把我打得皮开肉绽，根本不会听我解释。”

塞德里克仔细瞧了瞧他，然后慢慢问道：

“我想听听，老兄。如果你愿意，就坐下来好好对我们讲讲，今天都发生了什么？”

“是。”奴隶回答，“对我而言也不过如此。你们是骑士和领主，应该不会想听一个带着铁项圈的奴隶的话，而且他还像头无力的小绵羊，正被他的主人追捕。”

“那就让我们看看。”塞德里克回答，一把放开了俘虏，指着旁边的长板凳，让他坐在面前，“现在告诉我们，为什么你要和养狗官搏斗，而且他还死了。”

奴隶埃里伯特，先前躲避起来的时候脱下了衣服，现在又重新穿上，他犹豫着开始讲起来：

“西蒙是养狗官，他一直对我心有怨恨。三天前，我去找他，告诉他，他养的狗中有一只巨大的猎犬，在我劳动的时候总朝我乱叫，还特别凶狠，经常逼得我爬上干草堆躲避它。没想到，他听完哈哈大笑，侮辱我说奴隶的肉太便宜，甚至连牛肉或羊肉都比不上，哪里有资格成为狗粮。今天早上九点钟，我刚好路过狗舍，这只恶犬突然跳出来，张开血盆大口朝我又咬又叫，仿佛要把我生吞活剥了一般。我身边没有树或者干草堆可以爬，刚好右手边有块拳头大的石头，就捡起来朝它砸去，把这个畜生吓跑了。原来养狗官西蒙就在旁边，他立刻从我身后冲了出来，手里就拿着狗鞭，不管三七二十一，使出浑身力气朝我鞭打。鞭子打在我的脸上，您现在可以清楚地看见鞭痕。我从来没有受过这种对待，气愤极了，一把夺过他手里的鞭子，尽管我非常清楚，带铁项圈的人这样做很可能会被送上绞刑架。我用手柄那头打了他头部三下，他就倒下了。然后我看见吉尔罗伊主人从一弗朗远的山坡上朝我驱马而来，我害怕极了，就往森林里跑。我知道他今天一直在追我，已经追了整整一上午了，但是我还是成功地藏了起来，直到被你们发现。”

奴隶叙述的时候，整个小木屋都很安静。塞德里克看着我，他的眼神里仿佛写明他早已洞悉一切，但是我的表情回答他，我直到此刻才了解事情的全部真相。

“埃里伯特，”他叫道，“你的行为已经触犯法律，但是我们不会审判你，也不会把你送回去接受鞭打。我要告诉你，你的脖子上不会再戴着奴隶的标志，我现在就要帮你把它切开。”

塞德里克大步朝黑暗的角落走去，从重甲兵的工具里挑出一把长长的锉刀，回到埃里伯特身边，使劲来回割铁环。铁项圈很快断成两截，塞德里克丢下锉刀，一把拧弯了项圈，粗暴地将它扔到长凳下，仿佛扔掉的是一个受诅咒的东西。

然后他拿起桌上十字弓，把它塞到埃里伯特的手里。

“拿着这个快逃吧，现在安全些了。”他说，“这些天你需要快跑，尽快离开这个地方。你去投奔农夫或战士一类真正的主人吧，从今天起你自由了。”

埃里伯特看着塞德里克，脸上挂满了泪水。突然，他跪在塞德里克面前，我的伙伴马上把他扶起来：

“快起来，埃里伯特！你现在是个自由人，除了上帝不应该再向任何人下跪。如果你想保持自由之身，还有很多事情要做，在明天之前，你首先必须远离吉尔罗伊。”

埃里伯特高兴地呜咽着，激动得说不出一句话。我发现口袋里还有一些金币，就递给了他。

“你拿去买些食物，扮成旅行者吧。”我说，“别偷偷摸摸的，否则容易引人怀疑。”

对于恢复自由身，埃里伯特断断续续地朝我们说着发自内心的感激的话，但是塞德里克一把拉过他。

“听！”他悄声说，“什么声音？”

我们三人立刻屏住呼吸，安静下来。我们听到风呼呼刮过树枝，还有壁炉里木柴咔咔燃烧。接着，传来一阵嘈杂声——长长的，猎狗搜寻到猎物发出的狂吠。

“或许是我们的邻居在猎鹿。”我说。

“不是。”塞德里克迅速回答，“不会用猎狗来猎鹿，应该是别的。”

这时，埃里伯特的脸变得苍白，他的手由于害怕而颤抖起来。

“这是吉尔罗伊的嗜血犬，”他倒抽了一口气，“我的主人搜人的时候就会用上两三只，它们已经追踪到我了。”

我们朝窗户外看，大约一弗朗的开阔林间，两只巨大的褐色猎犬正把鼻子触到地上，径直朝我们的小木屋跑过来。

塞德里克从埃里伯特手里重新拿回十字弓：

“到后面去！”他命令道，“我会阻止这些嗜血的野兽。”

埃里伯特又进入了里面的小屋。塞德里克瞄准前面的猎犬，我在他后面叫道：“慢！慢！太迟了！还有骑马的人。”

在树林不远的地方，就在狗的后面，来了大概六个人，塞德里克放下了武器，有些气愤地看着他们。吉尔罗伊主人和菲利普斯·卡林顿爵士领头，后面跟着三四个森林人，他们慢慢地骑着马。他们的旁边还有一个骑马的，不是别人，正是养狗官西蒙，他养的凶猛的狗，正一圈又一圈地搜寻着猎物。

塞德里克放下弓，打开小木屋的大门，站在台阶上，一脚踢开准备进屋的猎犬。

“上午好，绅士们！”他说道，高兴地欢迎他们。

“绅士们，你们也上午好。”吉尔罗伊主人带着让人讨厌的笑。

“你的猎犬怎么搜到这儿来了，可不太合适啊。”塞德里克对吉尔罗伊轻蔑的语气不屑一顾。

“怎么了？”

“看起来你的猎犬混淆了，它追踪的是我们的气味，带你们来了这里。就算是条纯种好猎犬，也时不时地会犯这种迷糊。”

“是啊。”吉尔罗伊主人回答，脸上仍然挂着阴险的笑容，“最好的人或狗都会时不时地犯迷糊。可奇怪的是，它们还很想攻击呢，瞧！它们围着你的小屋转，一点也不想离开。”

塞德里克不经意地瞟了一眼猎犬，又说：

“先生们，进来吧，为什么不歇歇呢？我这儿没有好肉好酒可以招待，但是你们可以围在壁炉边烤烤火，等猎狗重新找到踪迹，再前行吧。”

吉尔罗伊主人把缰绳交给其中一个森林人，下了马，朝门口走来，他的侄子也跟着这样。西蒙和其他人退到稍远一点的小溪边，唤住了猎犬，同他们呆在一起。

我们把不受欢迎的客人迎进了小木屋，塞德里克在壁炉前为他们放置了长凳，又开始对没有东西招待客人表示遗憾。我故意跟吉尔罗伊主人和菲利普斯爵士东拉西扯，询问他们最近在温切斯特的马上比武大赛怎么样，吉尔罗伊土地上的鹿数量多不多，甚至还有其他一些无关紧要的事。

吉尔罗伊灰色的眼睛绕着小屋滴溜滴溜地转，漫不经心地回答一两个问题后，就问塞德里克：

“对了，格林姆斯比，里面的屋子是不是藏着几桶好啤酒或葡萄酒？看起来这个小屋子的陈设不应该如此简陋呀。”

“让您见笑了，正如您所见，就是这般简陋。”塞德里克立刻回答。

我们的客人又仔细盯着塞德里克，事实上，我的呼吸有些急促，但是他没有再说什么。我又开始转移话题，问菲利普斯爵士，问他卡林顿人是不是威尔士的后代，这些问题我当然知道答案。菲利普斯爵士义证词严地否认，我故意表现出极大的兴趣，听他吹嘘自己的家族是纯正的诺尔曼血统，还列举了卡林顿的四个后来加入的联盟，以及征服这些小部族之前，他们都来自哪里。

最后，吉尔罗伊主人站起身来，像是相信了小屋里没有藏匿逃犯，对我们说：

“美好的一天！我们必须要去其他地方搜寻逃犯了，瞧瞧，阳光已经斜照西方了，如果我们抓到逃亡者，这将是……”

他的后半截话硬生生地吞了回去，他盯着长凳下的地板，大概三码的距离。半小时前，那里是黑色的阴影，现在太阳光开始西斜，可以非常清楚地看清那里躺着一个铁项圈。

他冲过去抓起来，拿起它给我们展示，用很大的声音读着上面的文字：“埃里伯特，吉尔罗伊主人威廉的奴隶。”

塞德里克站起来看着他，什么也没说。吉尔罗伊奋力把项圈掷到地上，吼起来：“哈！正如我猜想的一样！一个贱民肯定会帮助其他贱民！”

这句话侮辱了我的伙伴，我的手拔出了剑，恨得牙齿格格作响。可是吉尔罗伊并没有理睬我，而是径直朝里屋的小门冲去。

“我们看看这里面藏了什么！”他叫道。

但是塞德里克·德·拉·罗查爵士行动更迅速，他一个箭步冲过去，把吉尔罗伊主人挡在了门外。吉尔罗伊和卡林顿双双拔出了剑，向我们挥舞过来。这个时候我灵光一闪，想起身后的壁炉上有把生锈的铁剑，立刻冲过去取下来。这下我有了双重武器，两手同时攻击，而塞德里克弯下腰，拿起十字弓，把箭扣在弦上。搏斗了一会儿，我就知道自己占了上风。菲利普斯爵士站在我的正面，他展开了激烈的进攻，虽然力气非常大，却显得很笨拙。他进攻了六次后，我瞅准机会一剑卸下了他的武器，“哐当”一声，武器掉在了地上，这可是我经过长时间练习的成果。再用另一只剑刺过去，明显可以直接刺穿他的身体，这样的威胁逼他退到墙前，不得不将手举到头上，向我投降。我向旁边看了看，吉尔罗伊主人也同样是手下败将，他的武器也掉到了地上，塞德里克站在他面前，十字弓对准他的胸口。

“你会杀死我们吗？”吉尔罗伊愤愤不平地问，“就为了这个逃犯？”

“不会。”塞德里克轻松地回答，“但是现在你们是我们的俘虏，如果我们留下你们的命和武器，你们就要向我们做出骑士的承诺：你们要保证退回到吉尔罗伊的土地，并且停止这次追踪。”

“我们承诺。”吉尔罗伊简短地说。

这样的威胁逼他退到墙前，不得不将手举到头上。

我们收起武器，弯腰拾起地上的剑，让他们回到自己的仆人那里。打开房门的时候，养狗官西蒙缠着绷带的头挤了进来，他的一只眼睛又青又肿，一定是鞭子的手柄打的。在他身后，站着两个森林人。

“回去，等到我叫你。”吉尔罗伊愤怒地说。

他们遵照命令重新回到小溪边，我们的对手也离开了小木屋。在门口的时候，吉尔罗伊主人停下脚步，思索了一小会儿，还是开口说了话：

“我们的承诺是离开格林姆斯比土地，并许诺不再追踪这个奴隶。但是我们并没有承诺还有其他事情不能做。等到了温切斯特，我会向国王说说格林姆斯比是怎么处理与下人的关系的，看起来格林姆斯比并不适合接管土地，因为他满口谎言，又有暴力倾向，还帮助那些逃犯对付合法的主人。”

我感到一阵沮丧，我知道吉尔罗伊完全做得出这样卑鄙的事。而且，对我而言，私下里，也有一点小小的担忧：芒乔伊在西部地域太强大、太富裕，国王可能会借用任何一个理由削弱我们。塞德里克是自由民出生，坐在目前的位置，有很多人嫉妒他，尽管他时时刻刻表现出骑士般的尊严。

菲利普斯爵士爆发出一阵狂笑，看到他这副嘴脸，我想起刚才他站在墙根处，把双手举在头上的样子。

“哈，格林姆斯比，”他笑道，“看起来你并不是个完全的赢家，说不定等不了多久，格林姆斯比的位置会再次空出来呢。”

塞德里克又说话了，他的言语同刚才吉尔罗伊主人的语气，慢腾腾的几乎一样：

“确实如此，我的主人。刚才并没有让您承诺您不可以做其他事情，您完全可以把这个故事讲给国王听，这也确实是真事。但是您好像忘记了，您这番慷慨激昂的语言只是为了对付我。要是你不担心这场冲突越演越烈，就尽管去向国王澄清整个事件吧（此刻我已清楚塞德里克的言下之意了），包括卡林顿所有的行为。国王返回英格兰已经几个星期了，他的叛国兄弟阿瑟

王得到了一些绅士们的帮助，这些绅士对他可谓是忠心耿耿，一心要扶持他登上正位，甚至密谋要夺取国王的性命。”

吉尔罗伊主人才听到一半，整张脸已经如死人般苍白，双手不停地颤抖。他的侄子用不可思议的眼神在我们之间来来回回看着，嘴巴张得很大，脸色显得苍白又愚蠢。塞德里克还没说完，吉尔罗伊主人又急急忙忙说：

“不会，不会，格林姆斯比和芒乔伊都不会！为什么我们非要因为一个逃犯这么微不足道的小事，弄得彼此之间这么难堪呢？事实上，我们应该忘记今天的不愉快，从今以后还是友好相处的邻居。”

“什么都不做，我会很高兴的。”塞德里克爵士回答。

“你呢，芒乔伊？”吉尔罗伊主人忙追问，“你是怎么想的？”

“我也愿意这样。”我回答。

看起来，吉尔罗伊主人达成了和我们的和解，出于礼貌，我们还挽留了一下他，但是他朝着小木屋匆匆鞠了一个躬就离开了。后面跟着菲利普斯爵士，沮丧的样子如同一只落汤鸡。在小溪边，他们爬上了马背，没有跟他们的部下说一个字，就迅速地跑向了森林。

半个小时后，自由人埃里伯特，骑着匹格林姆斯比马厩里的好马，手里带着十字弓和金币，在暮色之中向什鲁斯伯里奔去。

第十三章　迈上拉尼米德的革命之路

阿瑟王大宪章统治的这一年，我在斯坦福德。整个英格兰一半的骑士和贵族带着他们的重甲兵和自耕农，都集结于我们强有力的元帅菲茨·沃尔特的麾下，他们掌握着很多皇室城堡，里面有大量的武器和兵力。现在是休战期间，主教的救赎毫无用处，我们准备向伦敦前进，给我们无比狡诈的、施行君主专制的主人带去一些料想不到的东西。这些年来，他分裂贵族，把他们的力量削弱之后，就随意囚禁他们，任意攫取土地和财富，不断地满足自己的私欲。现在，北方的几百名贵族、西方大概六个以上的领主、威尔士军队、少量的传教士等，大家联合起来，对国王现有的统治表示不满。我们在伯蒙·西大殿进行商议，要向国王进行上书，表达我们的意愿。甚至要动用武力进攻，迫使他停战，转入和平期。

卡尔顿和特拉莫尔的主人杰弗里，目前指挥着一百名长矛骑兵、五百名弓箭手。他从椅子上站起来，努力平息大家高声的争议，然后向元帅和集会首脑敬礼。

“我的主人们和绅士们，我提名，”他用高昂甜美的音调，带着一丝威严的语气说道，“以格林姆斯比的骑士塞德里克·德·拉·罗查爵士的名义组建军队，让他率领我们西部军作为防御部队，整编成十五个小组进行战斗。他是一个有勇有谋，擅长军事作战的男人，在我们西部，他的名字广为流传，是所有部队的楷模。他是个战士，也是个有文化的人，事实上，他比我们任何人都要熟悉拉丁语。你们清楚芒乔伊理查德爵士的战术，三个月前，当国王攻击图尔罗伊城堡时，强兵数量远远超过理查德爵士率领的士兵，但是他以少敌多，完美击退了敌人。但是你们绝大部分人都不知道，正是由于塞德里克·德·拉·罗查爵士，他骗过守卫，乔装混进了城堡，制服了哨兵，才得以在半夜打开后门一条缝，让芒乔伊的士兵钻了进去，最终赢得胜利。如果不是塞德里克·德·拉·罗查爵士，说不定我们现在还在用铁锤击打图尔罗伊的城墙，在此处取得战役的胜利势必延后。”

“我们有老莫博尔雷的主教，他也会拉丁语。”老主人埃斯蒙德从右边一处座位上站起来，“如果需要，不是还有其他修道长或牧师吗？”

“尊敬的主教，”卡尔顿回答，“他拉丁语很好，我毫不怀疑。他可以依照委员们的意思，引证拉丁语老卷轴，在牛皮纸上创作出一篇上好的佳作，呈现给国王。我相信，老莫博尔雷主教的文章一定特别有文采。但是我要说，所有的贵族朋友，你们是每一支部队的代表，你们谁能看懂这张牛皮纸上的拉丁语内容？这是拯救我们的性命和家园的文章，要是上面的意思表达错误，可不是任何人都能承受的。”

“我说，”埃斯蒙德主人咆哮道，干脆径直朝卡尔顿走过去，“按照卡尔顿主人的意思，如果我们要在这牛皮纸上表达意愿，非德·拉·罗查爵士不可啦？我承认，他是真正的男人，是有才华的战士，这一点我们谁也不能否认。但是在这儿，有很多领主和绅士都是纯正的诺尔曼血统。关于格林姆斯比，众所周知，他是自由民出生，是撒克逊人的后代。这样一个人，他一定从未学习过宫廷礼节。要我说，他应该像其他乡野村夫一样，安安分分地生活，绝不可以拥有领导我们的权力和特权。”

整整一个小时，他们都在纠正我们所谓的错误，这场争论看起来无法休止。每个讲话的人都针对塞德里克展开了异常激烈的争论，而对于战争的其他重点，根本没有人在乎。到了最后，这场争论竟演变成了毫无意义的斗嘴。牛皮纸里上书的内容交由各方代表讨论，在达成一致意见后才会写下完成。最后，北方两位最年长的领导者，德·龙威尔贵族和埃斯蒙德主人会第一个签字，然后是有学识、对他们唯唯诺诺的老莫博尔雷主教。这位主教因为有次缺席了面圣，国王就用了一个理由，说授予主教土地让自己羞愧，并对他施行高压政策，把他赶出了莫博尔雷，所以，他跟着我们起义。不久前，我的名字被添进了名单，作为西部领主中的主力军将领，抗击国王。

埃斯蒙德的这段话让人觉得难受，却还有好些北方人跟着附议。看起来，卡尔顿的杰弗里为我的老朋友积极争取荣誉成了白用功。但是令人尊敬的德兰西，英格兰的高·康斯坦博主人，他仍然拥有很高的威望和权力，尽管已经进入迟暮之年，仍精神矍铄神采奕奕。他缓缓地从板凳上站起来，向元帅和集会首脑们说道：

“我的领主们，相信我们大家都很清楚这次讨论的重点。几年前，由于塞德里克在通道的战役表现得特别英勇，以致赢得了整个战局的胜利，我特别授予他塞德里克·德·拉·罗查爵士的荣誉。从那时起，他经常为我和他人而战，为王国赢得福祉，与此同时，他的名气也越来越响亮。埃斯蒙德说塞德里克·德·拉·罗查爵士并非出身高贵家族。我倒想问问你，我的祖先，他并非比你们刚才讨论的这个人的地位高，他也是经历过很多苦难，才使得我的家族尊荣高贵。我已经亲眼所见，塞德里克·德·拉·罗查爵士把格林姆斯比管理得兵强马壮，下人们对他忠心耿耿。而且众所周知，他在军事上的思虑和谋略非常周全，是个难得的人才。我的领主们，我们挑选将领，应该根据战时需要，而不是用他父亲或是祖父的地位来决定。”

人群突然爆发出一阵欢呼，尤其是年轻人，他们中的一些人大声呼喊着塞德里克爵士的名字，坚持让他上任。好不容易安静下来后，元帅开始总结。他综合了所有的谈话内容，决定了分别用名字命名的部队，最后一个名字不负众望，是塞德里克·德·拉·罗查。到晚饭前一小时，终于散会了，坐在凳子上的人群爆发出欢呼声，每个人都兴奋地谈论着今天这场事件。

第二天的集会需要在羊皮卷上记录下所有部队的名称。埃斯蒙德和德·龙威尔就为法国战争中是否免税的问题争论了很久，我们的建议是国家免税。阴险狡诈的主教，总是等待合适的时机，一旦大家吵得疲倦，声音小了下去的时候，就开始喋喋不休地劝说大家。他爱引用《伟大的亨利》的第一章内容，说提议一些合法草案的塞德里克，应该成为忏悔者。到了最后，我们发现自己所做的努力没有什么进展。我的提议有两人拥护，一个是主教，另一个是塞德里克·德·拉·罗查爵士。大家又开始争论，认为应该共同合作，从老旧的法律条框中跳出来，遵循我们新发现的有用条款，同样要写进文章呈现给国王。

我的伙伴塞德里克，我朝他微笑，我知道现在摆在他面前的任务。也非常清楚他有一些特别珍贵的想要成文的想法：他希望为平民争得更多的权力，包括特权和豁免权，他认为这些都是自由人应该享有的权力。他给我宣扬了越来越多的民主意识，在他雄辩的口才和坚定的信念下，我慢慢也在转变，成为拥护他政党的一员——如果这可以被称为政党。这个政党没有专制者，没有统领大纲，没有法律条文，而且只有极少数的人支持他。我们如今生活的时代，平民们反抗暴力和虐待的途径就只有杀了专制者，然而到了最后，平民的领头人往往会被追捕，他们被称为暴徒。多年来，塞德里克一直在坚称，平民应该享有自然权力，这些权力必须被写入宪章，并且不能轻视，不能被随意更改。

老莫博尔雷主教是一些喜欢杀戮，并且早期受诺尔曼家族势力影响很深的领主们的同盟者，看起来他有一些意识，却不积极，甚至并不想施以帮助。他好学善辩，已经习惯于在反对声中，同笨手笨脚的领主及贵族在皇家宫廷里，利用自己的优势和口才赢得利益。如果所有的传言都是真的，他可能会随环境变化，向不同的利益集团表现忠诚。事实上，他已经在为教会孕育法律条文，他为制订适合自己的制度倾注了大量心血，为自己的利益集团赢得充分的赞许，相比教堂或大教堂，他的行为更受到宫廷或政务机构的青睐。

在这种非常时刻，卡尔顿的杰弗里主人、塞德里克和我尽量秘密地同主教进行交流。主教名义上是国王一派的，但是如果我们强迫国王赞同他的意愿，他可能也会暗中帮助我们。显而易见，传教士的权力不能被忽略，我们一定要利用他们有所表达，我们表示即使是他们的私有财产，也应当有所保护。

第二天，代表不同利益集团的人一起工作，又开始争论不休、主教和塞德里克·德·拉·罗查提出了一系列建议，包括如何更好地救济病员，这是我们经常谈论的话题，受到大家的关注。主教就像是一位学术渊博的演讲者，用非常庄重的声音把它清晰地读给大家听，当然在演讲结束的地方，又引用了古旧法律书中的文段。两位北方的老领主想利用这段出色有力的讲词给大家带来极深的印象，所以他们刻意这样安排。在最后，主教说道：

“我的主人们，我希望塞德里克·德·拉·罗查爵士可以表示同意，我在这次上书的编写工作中，不管是阅读古老的法律条文和纲领，还是设计新的为王国服务的规定和条款，都受到了热烈的拥护。但是，在少数关键点上我们还没能达成一致，这些地方塞德里克·德·拉·罗查爵士愿意向你们说出他的想法。”

塞德里克爵士站起身来，缓缓地看过在场的每一个人。他身材挺拔，英俊宽容的脸上有一双漂亮的蓝眼睛，他战功赫赫的荣誉，更是让他赢得了在所有部队中的声望。对我来说，这一刻让我想起第一次认识他时的情景，那时他还是佩勒姆低贱的森林人，现在却是受人尊重的骑士。此时我们等着他非常有分量的发言。德·龙威尔爵士不怀好意地看着他。埃斯蒙德主人，他希望马上把内容确定下来，所以在主教讲到最后的时候已经不耐烦地皱起眉

塞得里克爵士站起身来，缓缓地看过在场的每一个人。

头，现在则生气地盯着地面。

“我的主人们，”塞德里克清晰地开始讲话，“我们现在遵循的都是20世纪的法律——‘国王的执行官和法官不得随意使用任何自由人的马或牛进行运输，除非得到他的允许。’在另一页，我们也可以看见——‘不得获取、关押、抢夺、非法占用、放逐或以其他任何形式破坏任何贵族、骑士以及其他贵人的土地，也不允许国王强制占有，除非是判定或者通过法律途径取得。’这些条款都是公平公正且具有法律效应的，但是我认为它还不够全面。这些美好的愿景，为什么我们不进一步发挥它的功效呢？为什么不能让英格兰所有的自由人都享受到呢？为什么不能修改成保卫所有人自己的权力呢？”

埃斯蒙德主人抬起头，目光犀利地盯着塞德里克。

“依你之见，现在应该怎样修订？”他粗声大气地问。

“我想说，首先，‘国王的执行官和法官，还有其他任何人，都不得随意使用任何自由人的马或牛进行运输，除非得到他的允许’。其次，把自由人和贵族、骑士以及其他贵人进行替换，所以应该是‘不得获取、关押、抢夺、非法占用、放逐或以任何其他形式破坏任何自由人的土地’，下面的以此更改。”

“原来你是贱民的发言人。”埃斯蒙德冷笑道。

“不是。”塞德里克回答，“我不代表任何派别，不管是贵人还是贱民，我只为英格兰最广大的普通民众说话。”

埃斯蒙德主人一脸不悦，先看看德·龙威尔爵士，再看看主教。

“我应该在议会上怎么说？这个人一点都没有为我们自己的利益争取，全在为贱民和下人说话。”

塞德里克脸涨得通红，他的手已经准备拔剑出鞘。我急忙站起来朝首领德·龙威尔爵士致意，在格林姆斯比骑士和北方老领主激烈的言辞中间，客

观地发表了自己的看法：

“我的主人们，”我大声说，“这样争吵下去我们得不出任何结果。来吧，让我们对这两个观点投票吧，这是有效的方式。明天，或者后天，我们必须向议会陈述我们的报告，在这之前，我们必须达成一致意见。”

“确实如此。”德·龙威尔爵士回答，“我们这样斗嘴是在白白浪费时间。来吧，埃斯蒙德，你说说该怎么修订？”

“不修订！”埃斯蒙德咆哮起来，“就让制度照旧执行。”

“你呢？尊敬的主教？”

“不修订。”主教迅速作答。

“你呢？芒乔伊？”

“修订！”我大声回答，“就我看来，要是能够做这些改变，一定可以为我们争取更多的朋友。”

“德·拉·罗查爵士？”

“修订！”

德·龙威尔爵士看着他面前的地板，又望望天花板，深深地皱起眉头，最后他说道：

“看起来我这一票非常关键。我觉得就算有这些修订也没什么用，一定会滋生贱民和奴隶的骄傲情绪，使得以后提出越来越多的非分要求。他们现在有些人觉得自己管理土地管理得非常好，这种危险的趋势必须要遏制，所以我也说‘不修订’。”

埃德蒙德主人看着塞德里克，一脸的洋洋得意，我的心也随之一沉。但是格林姆斯比骑士立刻站起来，发表了一番新的言辞。让我惊讶地是，他的脸上竟然浮现出笑容，仿佛他对陈述自己的修订意见已经显得筋疲力尽。

“你们已经达成了一致，我的主人们，在这个羊皮纸中，我们没有依据需求强迫改变任何条款。但是我们面对的是一个狡诈的君主，即使他在我们的羊皮纸上盖上印章，然而如果我们都死了，谁能保证他还会继续执行呢？他手下的军队数量比我们当中的一个两个甚至三个联合部队都更多，我们如何保证他能遵守这些条约？”

桌上的人面面相觑，一片沉默。看起来这是一个新的值得集会思考的地方，没人能够否定这个问题的严重性。

德 · 龙威尔爵士开始说：“那么，格林姆斯比，你有什么方法？”

“不会立马奏效，我的主人。我的想法大致这样：这份法律文书必须要体现强制手段。要求国王必须同意十个、二十个甚至更多人的家园应该以自己的名字命名。这就体现出一种责任，可以看到纲领不被损害或推翻，今晚，我可以组织语言，重新书写我们的上书内容。”

主教发声了，他建议就让塞德里克爵士做这件事，条文重新参阅塞德里克的意见。第二天两点的时候，我们要用一份公正且漂亮的文件，以替代原先那一份集体决议。

太阳当空，我们刚离开政务大厅，塞德里克爵士就坚持让我去他的房间吃午饭。他这个邀请明显别有用心，看看他的眼睛，我明白有一些需要立马解决且是很特别的东西，所以立刻接受邀请。很快，我们就坐在桌旁，上面摆着一大盘精致的烤肉，还有其他一些新鲜的食物。

我们狼吞虎咽吃饱了之后，老仆人过来收拾了餐具。这时，塞德里克在桌子那边朝我前倾，说道：“您怎么看？理查德爵士，要不咱们去三十六英里远散步，在那附近来个小小的探险，如果幸运的话，还能为羊皮纸效力呢。”

“我全心全意地愿意。”我说道，“去哪儿？骑马还是走路？”

“两个月前，休伯特 · 吉莱斯皮爵士为国王打了个胜仗，在米德兰占领了两座城堡。那个时候，我受命守住小镇，可是它对我而言一点吸引力也没有。我没法去打仗，在营地觉得无聊，整天无所事事，物质消耗也一天天减少。”

“确实挺难过的，”我回答我的朋友，“我甚至怀疑我们有经验又谨慎的元帅是否做出了错误的决策。”

“别那样说，你也是领军之一。你说，如果我们要做点事情，应该率领什么人呢？该使用什么武器呢？”

“十二个身强力壮的用剑高手——这些人必须年轻勇敢，脚步灵活，头脑有谋略。迪肯斯、约瑟夫、埃伯特、史密斯等都是不错的人选，他们就算穿着厚重的盔甲，用起剑来也是游刃有余。我知道你想干什么了！给我一个小时，我们在山毛榉那边的树林见，你知道，就在这个小镇的南边，到时我会带些格林姆斯比的人过来。我们应该骑得远一点，瞧瞧吧，我为你祈祷，我们会让部下发挥应有的作用，做完事情可以早早回来。”

一个小时候后，塞德里克和我带着迪肯斯、约瑟夫、埃伯特、史密斯，还有其他二十个合适人选，从山毛榉小树林出发，向着南方前行。大概走了十八英里的地方，到了属于阿瑟王的佣兵地界。从一开始，我就非常清楚此行的目的，至于具体怎么实施，只需相信塞德里克就好了。现在，我们召回了领头的骑兵，塞德里克对我们详细解释了他的全盘计划。这是他独自谋划的，我相信虽然过程中背负了许多人的迟疑不决，但会把结果赢得非常漂亮。我跟他是多场战役的老搭档了，对他无比信任，他要我跟他做的事，根本无需任何商量。

骑了一个小时后，我们来到一片茂密的树林。沿着小路往里走，是一片林间空地。在这儿，我们集中稍作休息。塞德里克一声令下，所有的格林姆斯比人都围过来，他从马鞍旁边的袋子里拿出服装，摊开来，长长的，就像是游僧穿的有兜帽的灰色斗篷。看起来，他为自己以及芒乔伊的每个人都准备好了戏服。此刻，没有时间解释，我们将凤尾草插在头上和衣服上做装饰。不一会儿，一群前去圣地经历苦难的朝圣者就出现在面前。我们很快就又上路了，一路上，时不时地笑着聊天，把剑柄撞击发出的“咔咔”声给隐藏了起来，免得让人识破。我们同路上的普通朝圣者，别无他异。

不出意外的话，我们会顺利进入敌人守卫的地方。我们侦察路段，也从制高点进行观察，无法否认，这些武装部队确实很有战斗力。下午的晚些时候，我们来到曼勒雷的城堡。现在由阿瑟·钱普尼王率领一百名长矛骑兵和七十二名十字弓箭手镇守。

左边离城堡一英里处，是威廉姆·德·贝拉尔大教堂，是国王最喜欢的地方。里面是一个叛变的牧师，他背弃了十字军，篡夺了僧侣和旧友的权位，也把他们曾经拥有的土地据为己有。这些僧侣和旧友现在是斯坦福德的同盟，叛变的牧师正是老莫博尔雷主教。

莫博尔雷大教堂所在的地方是一个分岔路，不远处的溪流上有一个小木桥。道路的左边是大教堂，右边直通城堡的大门。我们一路小跑，转过了第一个路口，很快就到达教堂大门口叫门。

作为虔诚的朝圣者的队伍，并不会被教堂拒绝。大门缓缓地开了半扇，我们留下两个可信赖的战士在外庭照顾我们的马，然后穿过招待厅，向受人尊敬的各位僧侣表达我们对上帝的虔诚以及想要学习的态度。我们这些虔诚的朝圣者与他们在房间的每一个角落交流，不管是盘腿坐在低矮的木质阁楼，还是围着壁炉，我们同僧侣热切地交谈着，或是由他们领着，观摩墙壁上精美的壁画。尽管是普通的修道士间的学习，言谈中也不离约瑟夫和他兄弟们的故事。

过了一会儿，扮演我们主教的塞德里克爵士，向我们还未见到面的主教致辞。说这儿有二十多个朝圣者，他们首先到达颇享盛誉的莫博尔雷大教堂，只期望聆听受人尊敬的主教的教诲。这段话，得到了所有人的呼应，房间里欢呼声一片。很快，威廉姆·德·贝拉尔在他的房间里穿上长袍，进入了大厅，坐到了主席台中间无比尊贵的位置上。

如果一个人的过去和性格都可以从脸上展现出来，这个莫博尔雷主教就

绝对是个例外。看见他的第一眼我就使劲咽了下口水。他的面容又红又肿，看起来是一个过着极普通生活的人，根本就不像是僧侣和信徒的首领。他又小又尖的灰色眼睛在耷拉的眼皮底下滴溜溜地转，就像是肥猪和狐狸的结合体。德·贝拉尔曾经是一个流里流气的法国人，他支持非法运动，为反动派夺得主权，抢夺物质和财富，被真正的英国人厌恶，却被现在的国王喜欢。他搜刮到手的民脂民膏，差不多跟国王一样多，所以，我们也向他举起了反抗旗。在斯坦福德的盟约中，有六个最坏的名字上榜，他就是其中之一。我们必须要从他们手里夺回政权，给这些人应有的惩罚。对于教徒而言，本来没什么可责备的，可是这样的歹徒混入其中，蔑视旧有法律的权威，玷污了神圣的地方。

“受人尊敬的神父，”塞德里克说道，深深地朝他鞠了一躬，“我们参观您古朴威严又神圣荣耀的大教堂，感觉三生有幸。我们准备了一些礼物和纪念物给您，以表达我们兄弟会的敬意。”

德·贝拉尔同样深深地鞠躬，表示了欢迎地回礼。当他再抬起头时，惊恐地发现他就在主席台上，被面前的人一个箭步冲过来给控制住了。长长的灰色袍子被罩在主教的头和手臂上，由于他挣扎得厉害，面前的人干脆用一截绳子迅速将他的手给绑了起来，跟着就抬去了庭院的门口。僧侣们发出了尖叫，有一两个人想要拦截，可他们却发现自己都是手无寸铁，面对的却是二十多个训练有素的战士，这些战士从宽大的袍子底下取出了短剑，个个身手不凡，很具有威胁性。于是，僧侣们退到了后面，看起来都被吓傻了。只有一个还算有点脑子，看起来是个新僧，只有十六岁左右。在这个非常时刻，他抓住机会溜出大厅，从大教堂的后门跑出去，虽然我们紧紧追赶，还是被他跑掉了，可能是想把这疯狂的受到袭击的消息带给隔壁的掌权者。

外面的院子里，我们花了一些时间把俘虏绑得更严实，又把套在他头上的灰袍子撕开了一些小口，不仅让他的鼻子呼吸新鲜空气，也不至于听得到营救的讯息。由于他五大三粗，又是个大胖子，要控制起来有些困难。我们让他跟在一个骑兵的后面，从大教堂跑出来，迅速原路返回。

刚开始速度比较慢，因为俘虏捆着不好骑马，一路上，我们都在担心他会坠下去。正当我们焦虑的时候，他又开始大喊大叫，骑在他后面的迪肯斯·沃尔菲尔德用匕首刺了他一下，让他明白这样做是毫无希望的，这才安静下来，行得顺顺当当。可惜宝贵的时间错过了，夜晚已经降临。又走了约十五分钟到达分岔路，才刚感觉稍微安全一些，就听到从城堡的方向传来如雷贯耳的马蹄声。我们知道阿瑟·钱普尼王已经亲自率兵出了城堡，要同我们正面迎战。正如我们猜想的一样，阿瑟王会在仓促中分散兵力，草率地决定救主教。

月亮已经升得很高了，我们到达了小桥处，能够看见他们的人数是我们的两倍，并且带着各种各样的装备。有的是长矛骑兵，有的戴着头盔，有的穿着甲胄，正朝我们奋力追来。此刻，我们特别想念留在斯坦福德的好剑手和十字弓箭手，但是现在已经没有时间犹豫，或者选择战术进行战斗。我们所知道的，就是顷刻之间，就要正面迎战追出来的敌人。伴着高昂的吼叫声，我们反身冲上了桥，在黑暗中打响了战斗。

不一会儿，桥中间就开始了激烈的厮杀。我们的人冲到上面，阻挡他们迎面而来的进攻，带着视死如归的士气，一次次地挥砍，一次次地刺杀。但是对方的力量也不容小觑，他们并不是新手，个个也是训练有素。阿瑟·钱普尼王向我冲来，他用剑连杀我们两员大将，又伸手一击，用长矛刺中另一名的喉咙。此时，我想起在通道的战斗，也是让我觉得如此有压力。他挥手，一剑、两剑，都差点刺中我的马，让我感觉到迎面而来的剑气如此寒冷。塞德里克过来了，他跟我一起对抗身穿盔甲、扛着大刀的阿瑟·钱普尼王，我们一起砍杀，把敌人一次次逼入绝境。

随着塞德里克和我凶猛的一声怒吼，阿瑟王被我们一起杀死了。他绝大部分的手下都是法国和弗兰德的雇佣兵，现在顿时作鸟兽散，四处逃跑，甚

伴着高昂的吼叫声，我们反身冲上了桥，在黑暗中打响了战斗。

至跳入河中。我们休息了片刻，清点了人数，给伤员进行了包扎。然后趁着月光继续往回赶，俘虏仍然安全地在队伍中间。

十一个小时后，我们重新回到先前装扮成朝圣者的密林。在这里，我们换回了骑士和重甲兵的装备。半夜时分，顺利回到了小镇，俘虏也妥善地得到安置。然后，塞德里克和我分道扬镳——我回去睡觉了，而他，为了明天的演讲，借着蜡烛的微光通宵达旦地书写羊皮纸的内容。

第二天九点，我去塞德里克的房间找他。他正好派了一名传令官到老莫博尔雷主教那儿去送个紧急的口信，说是有关于大教堂的无比紧急之事，请主教立刻过来。这个口信很快就奏效了，主教没有去典礼，而是立即就到塞德里克的房间里来了。

我们恭恭敬敬地迎接了主教，当客人舒服地坐下后，塞德里克简单地陈述了前夜里的莫博尔雷一战。二十多个朝圣者佯装从圣地返回，顺利进入了大教堂，取得了打倒阿瑟王的胜利。这是个让老主教无比震惊且欢喜异常的消息。而且，毫无疑问，对于老主教自身而言，他非常气愤威廉姆·德·贝拉尔，因为德·贝拉尔违背了作为一个十字军要为圣墓堂的复原而努力的誓言，反而在阿瑟王面前使用阴谋诡计，又用武力强迫全体僧侣乖乖就范，赶走了真正的老主教，这让老主教一直痛恨不已。

主教的眼睛闪闪发光，听的整个过程没有任何责难之意，只是粗略地做着神职人员的手势。等到塞德里克讲完，他难以抑制发自内心的高兴，用手一撑，站了起来："哈！做得好！真是做得太棒了！他把自己称为僧侣或主教，确实得到了权力，却忘了一个真正僧侣应该有的义务和责任，他只适合做一个最普通的人。朝圣者深明大义，做得非常正确，我虔诚地希望他们能一直保持这种正确的觉悟。就昨夜莫博尔雷大教堂的事例来看，他们的行为是真正的教徒！"

塞德里克接过话，慢慢地说道："一直都是这样，令人尊敬的主教。朝圣者中的朋友，在某种程度上而言，他们正是因为这样的理由，才一直追随着我。”

“哈！真的吗？”主教热切地问道，“现在我相信你，你是教徒的真正朋友，你能够给予我们很多好意见和帮助，甚至能够让现在的国王不得不接受我们的条款。我们的兄弟会现在也是自由的，他们在我们盟军的领导下，可以不听从国王的指令。”

塞德里克慢慢地摇着他的头：“不，我的意见是现在还不必这样，我还要好好考虑考虑，确保每一次的决定都是最明智的。但是，尊敬的主教，如果您愿意爬爬梯子，我想为您展示一件更好的东西。在靠近顶部右边的墙上有一个小洞，相信我，您从小洞往里看，我保证看过之后，您心里的痛苦就消失了。”

说着，塞德里克站起来领着他走进房间的后门，指着昏暗的楼梯间，示意他从那里上去。主教看着他指的方向，眼里充满了探究的意味，他明显有些迟疑，但是很快又充满期盼，很想去墙上的小洞瞅一瞅，里面究竟是什么。塞德里克退回内间，我俩在这里等着主教，桌上铺开一张羊皮纸，上面加入了很多新写的条款。

不一会儿，主教一脸神采奕奕，他走进房间，关上房门兴奋地说：“塞德里克·德·拉·罗查爵士，您是教徒真正的朋友！您的丰功伟绩值得永远纪念！上面是威廉姆·德·贝拉尔，根本不容置疑，他就在里面的房间，由格林姆斯比的两个弓箭手看守。我现在才知道，究竟是谁领导了这批朝圣者，我要再次重申，您的丰功伟绩应该受到更多的尊重！”

塞德里克鞠了一躬，笑道：“哈！不管是这儿还是那儿，都没人领导这些朝圣者，他们只是全心全意做了自己想做的事。我已经把这伟大而神圣的一幕记录在了羊皮卷中，读读它吧，我为您祈祷，看看您是否会支持来自他们心底的渴望。”

主教拿着羊皮纸，迅速读了起来。他的表情与第一天同塞德里克激烈辩论时一模一样。当他读到第二十条时，停了下来，目光犀利地看着塞德里克：“这儿写的条款正是昨天集会上有争论的地方。”

“是的，确实如此。”塞德里克坚定而冷静地回答，“请继续。”

主教继续读了下去，但是很快又停顿了下来。“不得随意抓捕和关押自由人……”他读出来，“这是昨天已经否决了的条款。”

塞德里克赞同地点点头：“是的，请继续。”

接下来，主教时而沉默，时而发出一些惊叹的声音，就这样断断续续，读了很久，这张羊皮纸好不容易被他读到了尾声。

“综上所述，国王要在自己的王国里承认：对于他全部疆域上的所有臣民，包括普通人民和神职人员，都应该一视同仁，得到应有的全部权力。”

主教站起来，满脸因为发怒而涨得通红：“这是什么意思？德·拉·罗查爵士？你的这些条款，是让我们冒着生命风险，把王国里的土地给每一个下人和贱民共享？”

“是的，”塞德里克坚定地回答，“如果您在我们的军营里四处转转，就能看见成千上万的贱民和自由人在冒着生命的风险在战斗，正如同您和我一样。”

主教不耐烦地摇摇头：

“这不是理由。德·拉·罗查爵士，对此我无法发表意见。”

塞德里克往窗外望了一会儿，然后对我说：

“把这位由国王任命的主教关起来，他位高权重，这样做对我们有危险。或者还有一个更好的方法，我们把他押到小镇的边界上放了他，让他怎么来的怎么回去。”

主教张大了嘴巴，呼吸弱了下去，惊讶地看着塞德里克。突然，他把羊皮纸重重地掷到桌上，大笑了很久：

“你赢了，德·拉·罗查，我服了。你赢得非常彻底，真是一个最擅长的说服家，我被你说服了。我会在今天集会之前，尽量让他们接受条文，不管他们是否愿意。明天，我也会在议会上为你的条文说话。你到时会看见，我为此付出的努力。面前的这卷羊皮纸，在我们集会之后，我会把它呈给国王。而你，必须好好看守楼上的俘虏。在国王给我们盖上印章之前，绝对不能放他出来，要保证他不得干预神权的选举。”

主教果然信守承诺，做的和说的一样好。那天下午，他将最新的羊皮纸中的内容展开进行陈述。这些条文在这之前，甚至连我都是没有看到过的。主教赞成了塞德里克所有的观点，即为普通人谋得应有的权益，整个演讲辞充满了恩泽慈悲，又有极度能鼓舞人心的热情。当他演讲结束，德·龙威尔爵士变得对这些条款非常支持，虽然前一天他还极力反对。艾斯蒙德主人坚持自己的意见，不停地摇着他花白的头，但是最后投票一比四，输给了我们。第二天在议会上，演讲比前日更加激烈精彩，赢得了所有人热切的欢呼与拥护。

正如所有人都知道的麦格纳宪章后面的故事——三天后，国王在布拉克利读到了羊皮纸，拒绝为它宣誓。当时，国王愤怒地向贵族们发难，问他们是不是要瓜分他的王国。我们毫不迟疑，再次发动战争，占领了他的宫殿。伦敦的大门向我们敞开，国王最后在拉尼米德接受了我们的条件。塞德里克·德·拉·罗查爵士和莫博尔雷主教被国王亲命为委员长和大主教，按照我们的意愿，他在羊皮纸上盖上了国王的印章。如同我们通过羊皮纸为全民争取到的权益，积极施行在斯坦福德和布拉克利的土地上。

现在，国王已经过世了，但是明智的法律条文却在整个王国执行，人们开始认识到拉尼米德执行的制度是多么伟大而有意义。后来，执行了数个世纪的大宪章，都是以英国法律为蓝本编制的，它为我们三种等级的人包括：贵族、教士及平民都保证了平等的权益。对我而言，我的后代会从中懂得，先辈们在面对古老威严的法律时，通过努力奋斗，积极修订了其中不正确的条文和规定。虽然改革之路需要长久的时间，也需要与国王进行艰苦卓绝的斗争，但终究赢得胜利，为王国里的平民争取到自由、平等和应得的权益。我们的后辈应该有这样的意识,那就是高贵的出身和拥有特权并非那么重要。在我们的年代，有一些出身低贱的人，他们不顾自己，为了大众的权益奋斗终身，这样的人值得尊重，值得永远被纪念。在他们中间，有一位让我无比骄傲的朋友和战友——塞德里克——佩勒姆的森林人。